술은 잘못이 없다

Original Japanese title:
SHIRAFU DE IKIRU OOZAKENOMI NO KETSUDAN
© 2019 Kou Machida
Original Japanese edition published by Gentosha Inc.
Korean translation rights arranged with Gentosha Inc.
through The English Agency (Japan) Ltd. and Danny Hong Agency.

술은 잘못이 없다

어느 술고래 작가의
술酒기로운 금주생활

팩토리나인

차
례

술이야말로 인생의 즐거움, 과연 그런가?   9

술을 끊겠습니까? 인간이기를 포기하겠습니까?   17

어차피 언젠가는 죽을 목숨, 절제는 비겁한 태도다   25

끊임없이 계속되는 제정신과 광기의 싸움   33

인생은 본디 쾌락인가 고통인가   42

음주란 인생의 부채다   50

육체의 발버둥을 제압하는 방법을 고민하다   58

금주모임의 연대감으로 술과의 인연을 끊을 수 있을까?   67

미친 듯이 술이 고픈 육체의 발버둥을 육체로 제압한다   76

금주를 위한 약은 고통만을 준다   86

금주 선언으로 배수의 진을 친다!   95

개조된 인간이 될 것인가? 인간을 개조할 것인가?   105

인간 개조를 할 수 없다면 인격 개조, 아니 인식 개조를 하자   114

인식 개조의 첫 걸음은 자기애로부터의 탈출이다   123

인간은 '자기 자신'을 제대로 판단할 수 없다   132

우리들에게 행복해질 권리 따위는 없다   140

나는 보통의 평범한 사람이다   149

내 영혼의 적정값에 눈을 뜨다   159

'인생은 즐겁지 않다'고 몇 번이고 말하자   168

나는 바보다   177

'나는 바보'라는 생각의 효과   186

술을 끊으면 인생의 진정한 기쁨을 알게 된다   195

자신을 지나치게 낮추다가 허무해지지 말자   204

술을 끊은 후 정신적 변화   212

단주에 '비상사태'란 없다   221

금주 선언을 할 것인가 말 것인가, 이것이 문제로다   230

3개월 동안 술을 한 방울도 마시지 않은 남자의 자신감   239

술 없이 맛있는 음식을 먹고 싶지 않다   248

아아, 놀라운 금주의 이득이여   257

뇌까지 좋아진 것 같다   266

술을 마시든 마시지 않든 인생은 쓸쓸하다   275

술이야말로
인생의 즐거움, 과연 그런가?

고대 일본의 호족, 오토모노 타비토*는 술을 한잔 걸치고 술을 찬미하는 시 13수를 읊었다. 어떤 내용이냐면 결론이 나지 않는 고민을 할 바에야 술을 마시는 편이 낫다, 하찮은 집단의 우두머리인 주제에 잘 나간다고 우쭐대며 술을 마시지 않는 녀석은 원숭이나 다름없다, 다시 태어나면 술통이 되고 싶다, 뭐 그런 내용이다. 인생에서 가장 중요한 일은 음주로 그 이외의 것은 다 별 볼 일 없다고, 까놓고 말하자면 이래도 그만, 저

* 大伴旅人, 665~731, 7세기 일본의 관리이자 시인

래도 그만이라고 선언한 셈이다.

'무슨 그런 바보 같은 말을 하지? 인생에는 술보다 중요한 게 있어!' 이렇게 생각하는 사람이 대부분이다. 나 역시 술은 하늘이 보낸 선물이기는 하지만 어디까지나 덤으로 따라오는 행운일 뿐 일, 가족, 미래의 꿈과 희망 같은 것이 술 따위보다 훨씬 중요하다고, 일단 맥주 한 잔 줘요, 라고 주문부터 하고 생각한다.

그런데 정말 그럴까? 어느 여름날 초저녁, 이제서야 불어오는 선선한 바람을 기분 좋게 맞으며 차가운 소주를 한 잔 마신다. 추운 겨울, 빈티지한 화로에 작은 냄비를 걸고 따뜻한 두부나 뭐 그런 것을 만들면서 놋쇠 그릇에 데운 술이라는 놈을, 목을 쭉 빼서 후루룩 마신다. 벌레 소리에 둘러싸여 꽃을 지긋이 바라보며 한 입 들이키는 순간 "아아, 이것을 위해 나는 오늘 하루도 열심히 일했다."는 생각이 들며 "이것이 있기에 내일도 열심히 살 수 있다."는 생각에 젖는다.

취기가 스멀스멀 차오르기 시작하고 드디어 꼭지가 돌아간다. 세상의 멍에 따위 저도 모르게 벗겨지고 자유로워진다. 마음을 무겁게 짓누르고 있는 이런저런 일들, 생각대로 안 풀린 일들, 부담스러운 동네 아줌니, 근거 없는 적개심을 불태우며 계략을 짜는 동료, 예상치 못한 지출로 잔고가 부족해 더 이상 돈을 뺄 수 없게 된 빈털터리 통장 등등. 이 모든 것을 잊어버리게 하는 순수한 즐거움, 순수한 쾌감에 뇌가 마비되어 간다. 세상 모든 일이 이래도 그만, 저래도 그만, 그렇게 되어 간다. 어떻게든 되겠지, 그런 생각을 하게 된다.

들리지 않는 음악이 가슴속에 울리면 춤을 추고 싶어진다. 발로 차 버리고 싶어진다. 안기고 싶어진다. 그리고 실제로 춤을 춘다. 발로 찬다. 그 사이사이에 지금의 이 즐거움이 끊기지 않도록, 또 더욱 즐거워지도록 술을 마시고, 마시고 또 마신다.

이런 상태를 다시 생각해 보면 술은 인생의 유일한 즐거움이자 기쁨일지도 모른다. 아니, 셀러브리티라는 말에서 연상되는 이 세상의 물질적인 향락 따위보다 훨씬 뛰어나고 센스 있게 인생을 즐기는 방법이 아닌가 싶다.

"술 마시는 것 말고는 즐거움이 없는 인생이라니 패배자가 아닌가."라고 힐난하는 사람이 덴겐지나 미슈쿠* 주변에 있을지도 모른다. 그러나 나는 '아니다'라고 단언한다.

게다가 명확한 증거까지 있다. 무엇이냐고? 앞에서 말한 오

* 도쿄의 부촌

토모노 타비토다. 오토모노 타비토는 고대 호족이고 야마토 조정에서는 높은 관직에 있던 정치인이다. 즉 덴겐지의 사람들이 말하는 패배자가 아니었다. 오토모노 타비토가 술을 찬미하는 시 13수를 지었기 때문에 술꾼을 낙오자, 패배자라고 희롱거리 취급해서는 안 된다.

진보초*의 어떤 사람이 "어허, 당신이 잡스러운 펑크 록이나 부르던 무식한 사람이라 잘 모르나 본데 오토모노 타비토는 정치적으로 패배해서 규슈의 하카타 주변으로 귀양 가게 됐고 그곳에서 자포자기 상태로 술을 마시며 지은 것이 바로 술을 찬미하는 시 13수야. 즉 패배자가 지은 노래라는 거지. 이 정도는 알고나 말하라고!"라며 친절하게 가르쳐 주더라. 역시 세상은 그리 팍팍하지 않다고, 영혼을 담아 진심으로 말하는데, 역시 행복한 나라에서는 사람의 인정이라는 게 결코 스러지지 않는구나 싶어 마음속 깊은 곳에서 고맙고 황송하고, 주책바가지가 이런, 눈물까지 마구 솟아나네. 그런데 아이쿠 미안해서 어쩌나, 실은 그 정도쯤은 나도 잘 알고 있다고.

다 알기 때문에 오토모노 타비토는 패배자가 아니라고 말

* 헌책방이 밀집해 있는 도쿄의 동네

하는 것이다. 왜냐면 진보초에서 온 사람이 오토모노 타비토를 패배자로 만들고 싶은 나머지 알면서도 일부러 말하지 않은 뒷얘기가 있다. 나는 다 꿰뚫어 보고 있다. 술꾼에 애주가라서 다시 태어난다면 술통이 되고 싶다던 오토모노 타비토가 그 후 중앙 정부로 돌아가서 '다이나곤'이라는 최고의 관직에 올랐다는 얘기를 말이다.

즉 몇 년 동안 지방 근무를 하다가 영전되었다는 얘기다. 요즘 말로 설명하자면 스위스 대사나 인도네시아 대사를 몇 년 하다가 귀국해서 사무 차관이 되었다, 이거다. 오토모노 타비토는 패배자가 아니다. 게다가 고대의 다이나곤은 사무 차관 정도의 위치가 아니라 요즘으로 따지면 수상에 필적할 정도로 높은 관직이었으니 엄청나게 출세했다고 해도 과언이 아니다.

그러니까 내가 하고 싶은 말은 이것이다. 오토모노 타비토는 술을 많이 마시는 술꾼이고 애주가지만 엄청나게 출세했다. 이런 사실에서 알 수 있듯이 음주는 비참한 패배자들의 유일한 즐거움이 아니라, 고품격인 시 세계도 잘 알고 문화 예술적 소양까지 갖춘 인간 행위로 이것을 즐기지 못하는 사람은 단언컨대 원숭이다. 원숭이 서커스 정도도 즐기지 못하는 낮은 문화적 소양에 총명함마저 없는 가여운 사람이라는 점도 말해 두고 싶다.

이런 이유로 나는 스무 살 때 술을 찬미하는 시 13수를 읽은 후 오로지 오토모노 타비토만을 신봉하며 오토모노 타비토의 유지를 따라 살아 왔다.

그렇다고 해서 내가 '다이大나곤'이 된 건 아니다. 아니, '쇼小나곤'조차 되지 못했다.

그러면 뭐가 되었느냐? 술을 퍼마시는 술꾼, 애주가가 되었다. 얼마나 많이 마시는가 하면 글쎄, 일본 사케로 말하자면 한 되를 마시고 야구 만화 주인공의 흉내를 내거나 기타를 손톱으로 치며 '돌아와요 부산항에'를 에스페란토로 부르는 정도라고나 할까. 그 정도로 술을 마시게 됐다.

내가 술을 많이, 아니 꽤 마신다는 사실을 세상 사람들이 다 알게 되었고 나와 친분이 없는 사람들에게도 "꽤 마신다고 하던데⋯."라는 말을 들을 정도였다. 그래, 유명한 술꾼이 되어 버렸다. 만천하가 공인한 건 아니지만 내가 약간 술에 취한들 "아아, 저 사람은 술꾼에 애주가니까."라고 당연한 풍경으로 받아들여졌다.

그것을 좋~다고 생각하며 마시고 또 마시고, 권하면 반드시 마시고 권하지 않더라도 자작해서 마시고 맡술은 더욱 거

부하지 않는 생활을 30년에 걸쳐서 계속해 왔다.

물론 실수도 했다. 스승뻘 되는 사람한테 대들다가 파문을 당하기도 했다. 친구와 별거 아닌 일로 말싸움을 하는 바람에 오랜 세월 쌓아온 우정에 종지부를 찍기도 했다. 초밥집에서 떡이 될 정도로 거나하게 취해서 "너 이 새끼. 뭐 이따위로 초밥 만들어! 내가 누군지 알아? 나는 말이지 파리의 일본 요리 전문점에서 3일간 배운 사람이라고. 비켜! 내가 한 솜씨 보여주지!"라고 말하며 카운터를 훌쩍 뛰어넘어 주방으로 들어가 초밥을 만들었다.

정말 목숨이 몇 십 개 있어도 부족할 정도로 어처구니없는 짓을 닥치는 대로 했다. 이렇게 쓰고 보니 오싹오싹 등줄기가 서늘해진다.

전부 술에 취해서 한 일이라 술이 깬 후 기억을 되짚어보다가 식겁하는 일이야 늘 있었지만, 그럴 때마다 오토모노 타비토를 떠올리며 극복해 왔다. 아무래도 반성해야 할 것 같은 분위기일 때는 술을 찬미하는 시 13수를 염불하듯 외며 버텨 왔다.

이런 나도 절대 낮술만은 하지 않았다. 낮부터 마시다가는 중독이 될 가능성이 없다고는 할 수 없어서다.

또 일이 끝나지 않으면 술을 마시지 않는다는 원칙도 세웠다. 왜냐면 오토모노 타비토 역시 자신의 직무를 모두 처리하고 나서야 술을 마셨기 때문이다. 말하자면 술은 공짜가 아니기에 술을 살 돈이 필요했던 것이다.

그래, 술꾼이 아닌 보통 사람은 도저히 이해할 수 없는 논리일 것이다. 사람이란 술을 위해서만 일을 하는 것이 아니기 때문이다.

그런데 오토모노 타비토의 논리를 완전히 이해하면 이렇게 된다. 인생의 목표, 목적은 술을 마시는 것이며 모든 것은 술을 위해 존재하고 세상만사가 술을 중심으로 돈다.

뭐, 그렇다고 해도 일단 낮에는 마시지 않고, 일이 끝날 때까지 마시지 않는다는 규칙을 만든 후 나는 가능한 모든 일은 오전 중에 마무리 짓고, 오후 4시 이후에는 일을 하지 않는다는 등 운용상의 아이디어를 다양하게 생각해 내며 30여 년 동안 단 하루도 빠짐없이 술을 마시며 살아 왔다. 그 때문에 이런저런 일들이 있었지만 인생에 대체로 만족하며 이대로 계속 마시고 뭐, 이제 한 20년 정도 있으면 죽을 것이라고 막연히 생각하고 있었다. 그런데.

어느 날, 엄청난 변화가 일어났다.

술을 끊겠습니까?
인간이기를 포기하겠습니까?

엄청난 변화란 무엇인가. 빨리 이야기하지. 뭐냐면 말이다, 어느 날, 아니 구체적으로 말하자면 2014년 12월 말, 나는 오랜 세월 동안 사랑해 마지않아 계속 마셔온 술을 끊자는 생각이 들었다.

그런 생각이 머릿속에 갑작스럽게 떠오른 순간 나는 내 이성을 의심했다. 그리고 나 자신에게 물었다.

"너, 네가 무슨 생각을 하고 있는지 알고나 있냐?"

그 정도로 바보 같은 생각이라고, 생각했다. 작작해라 싶은, 그런 생각까지 들었다. 술을 끊겠다는 이 어리석은 생각을 한

나 자신에게 화가 나서 참을 수가 없었다.

열렬히 신봉하던 오토모노 타비토의 가르침을 잊었느냐고 소리치고 싶었다.

옛날에 마약을 끊겠습니까? 인간이기를 포기하겠습니까?라는 표어가 한창 세상을 떠들썩하게 한 적이 있었다. 이것으로 많은 사람들이 마약의 유해성을 직감했다. 그런데도 인간이기를 포기하는 사람들이 지금까지 존재하는 것은 왜인가. 인간으로 살아도 별 재미가 없어서다. 가끔은 원숭이나 새가 되는 편이 재미있지 않을까, 풀이 되는 편이 덜 괴롭지 않을까, 하고 생각하는 시간이 인생에 존재하기 때문이다.

오토모노 타비토는 이미 말하고 있다. 그의 주장은 아주 명쾌하다.

"술을 끊겠습니까? 인간이기를 포기하겠습니까?"

"자아, 어떻게 할까. 인간이기를 포기하겠습니다. 바로 때려치웁죠."

그의 주장은 술독이 되고 벌레가 되고 새가 되는, 그런 것이다. 오토모노 타비토의 이런 사상을 그 누구보다도 깊이 이해하고 실천해 온 네가 무슨 쪼다 같은 소리를 하고 있는 거야. 정신 차려.

나는 내 생각을 질타했다. 그렇게까지 질타를 당하면 보통은 바보 같은 짓을 그만두고 원래대로 즐겁게 술에 취하고 취해서 울고불고하는 그런 나날을 계속 보낸다. 그래야 한다. 그런데 내 생각은 도대체 무엇을 할 요량일까. 아니 이 그게~, 라며 말꼬리를 흐릴 뿐 술을 끊겠다는 생각을 더 이상 안 하겠다고 확실하게 말하지 않는다.

그래서 생각의 멱살을 잡고 마구 흔들며 "술 끊는다는 거 그만둔다고 말해. 말하라고!"라고 외치면서 시부야역 서쪽 출구 육교 위로 질질 끌고 올라갔다. 얼굴을 위로 향하게 뉜 상태로 난간에 밀어붙인 채 말 안 하면 떨어뜨리겠다고 겁박을 했지만 생각은 마치 죽은 생선 같은 눈을 하고서 실실 웃으며 "역시…"라고 말했다.

근거 없고 무기력한 태도, 자신의 의견을 확실하게 말하지 않고 얼버무리는 태도를 용서할 수 없었던 나는, "그렇게 돼지고 싶으면 죽여주지!" 그렇게 말하고는 내 생각을 내가 밀어서 떨어뜨려 버렸다. 내 생각은 다마가와 도로로 떨어졌다. 그 후 생각이 어떻게 됐는지, 나는 모른다.

그러나 밀어서 떨어뜨린 후에야 엄청난 짓을 저질렀다는 사실을 알아차렸다. 왜냐면 만약 그 녀석, 그러니까 내 생각을 살려 뒀더라면 아니 당최 왜 술을 끊으려고 생각했는지 그 의견을 찬찬히 듣고, 결심을 뒤집게 만들 수도 있었는데 홀라당 죽어버린 지금, 나는 아무것도 할 수 없다. 죽은 자는 말이 없으니 술을 끊으려고 한 이유는 수수께끼로 남게 되었고 내뱉은 말을 번복시킬 수도 없게 되었다.

단지 술을 끊으려고 생각한, 지금은 바꿀 수 없는 결심만 남아 있을 뿐이다. 남겨진 내게 가능한 것은 그래, 왜 생각이 술을 끊으려고 했는지 생각해 보는 것뿐이다.

그런데, 그런데, 말이다. 지금부터는 단순한 추론이 아니다. 내 생각은 아마도 다마가와 도로에 떨어져 차에 치여 죽었겠지만 지금 하고 있는 이 생각도 의견이나 입장은 다르더라도 내 생각임에는 틀림없기에 분명 어떤 연속성을 찾을 수 있을 것이다.

아무리 그래도 역시 확실하게 알 수 있는 것은 없다. 그래서 나는 생각만이 아니라 실제로 술을 끊어 보기로 했다. 아니, 아닌가. 실제로 술을 끊어 버렸다고 말하는 편이 정확할지도 모르겠다. 나는 망령 같은 내 생각에 의해 진짜로 술을 끊어 버리고 말았다.

무서운 일이다. 죽은 내 생각으로 인해 지금의 내 행동이

제한받고 있다. 그 저주에서 해방되기 위해서 무엇을 해야 하나. 그래. 내가 왜 술을 끊으려고 생각했는가. 그것보다도 이제 와서 왜 내가 술을 끊었고, 지금도 계속해서 끊고 있는가. 이것을 확실하게 해 두지 않으면 단 한 발자국도 앞으로 나아갈 수 없으며 그 이유를 밝히는 것이 오토모노 타비토에게도, 죽은 내 생각에게도 가장 성의 있는 태도일 것이다. 어쩌면 술을 다시 마실 수 있게 될지도 모른다. 이유를 모르는 한 나는 두 번 다시 술을 마실 수 없기 때문에, 다시 술을 마시기 위해서, 나는 밝혀야 한다.

그러면 이쯤에서 다시 묻는다. 왜 나는 술을 끊으려고 생각했을까. 이제부터 그 이유를 찾아보려고 한다.

보통 가장 알기 쉽고 누구나 먼저 떠올리는 것이며, 납득할 수 있는 생각과 이유는 의사가 그만 마시라고 해서, 진찰한 의사의 지시 때문일 테지.

검사를 한 결과 오랜 세월 동안 마신 엄청난 양의 술로 인해 내장, 특히 간이 상하기 시작해서 술을 더 마시면 머지않아 죽을 것이라는 수치가 나왔으니 앞으로 더 이상 술을 마시지 말라고 의사가 지시했다는 뜻인데, 과연 내게 그런 사실이 있었나? 없었다.

오히려 "뭐어어어어어어? 그렇게나 술을 마셨는데도 수치에 이상이 없다고? 대단하네, 아니 네 간이 대단하다, 대단해. 네 간장한테 사인이라도 받아 둘까 보다."라고 찬양하는 사람도 나올 정도다. 하지만. 그러나. 그런데 말이다.

그것은 오해로, 다시 말하면 나는 그러한 검사, 건강진단 같은 것을 단 한 번도 받아 본 적이 없다. 왜 받지 않았는가. 그거야 말할 필요도 없다. 오랫동안 엄청난 양의 술을 마셔왔기 때문인지 전신에 권태감이 있고 어떤 때는 등 쪽에서 통증을 느끼기도 했다. 검사를 받으면 거의 확실하게 절망적인 수치가 나올 것이고 이대로 있다가는 죽겠구나, 자각하게 되면 술을 마실 수 없게 될 것이고, 그런 끔찍한 상황에 처해지는 것이 죽기보다 싫었기 때문에 일부러 검사를 받지 않았다.

의사라는 자는 인과법칙에 충실한 사람이라 검사 결과를 보지 않으면 무엇 하나 확실하게 설명할 수 없다. 그런 검사를 받지 않았으니 의사가 내게 이래라저래라 지시할 수도 없다. 한 점 찜찜한 곳이 없는, 아주 명쾌한 이야기다.

그건 그렇고, 그렇다고 해도 왜 술을 끊었는가라는 의문은 여전히 남는다.

다음으로 생각해 볼 수 있는 것이 지금 말한 건강상의 문제다. 분명 의사로부터 선고를 받진 않았지만 지금 말한 대로 자각증상은 있었다. 인터넷에서 얻은 지식, TV에서 연예인들이 하는 말, 동네 아줌마와 길에서 잠시 만나 수다를 떨면서 얻은 정보 등에 따르면 간은 '침묵의 장기'라고 한다.

무슨 말이냐면 간은 위나 소장 뭐 그런 것들과 달리 엄살을 피우지 않고 묵묵히 자기 할 일만 한다. 무언실행, 마치 도고 헤이하치로* 원수를 닮은 내장이다.

위나 뭐 그런 장기들은 약간만 폭음, 폭식을 해도 "더 이상은 무리입니다!" "한계에 도달했습니다!" "악덕 주인 같으니라고!"라고 툴툴대며 엄살을 떤다. 그런데 간은 그렇지 않다. 24시간 쉬지 않고 일을 시켜도 불평불만 한마디 않고 그저 일만 한다. 그런 점이 기특하고 갸륵하다고 해서 일을 더 시키다 보면 어느 날 갑자기 예고도 없이 꽈당 쓰러져 버린다. 놀라서 뛰어가 일으켜 세우면 이미 숨이 끊어져 있다.

종업원으로 비유하면 그런데 이번에는 다른 입장에서 말해 보자. 그러니까 장기를 상사라고 해 보자. 일이 지긋지긋하

---

* 東鄕平八郞, 1848~1934, 침묵의 제독이라는 별명을 가진 일본의 군인

고 답답해서 적당히 대충 했더니 위라는 상사는 "그러면 안 된다." "우리들이 젊었을 때는 안 그랬어."라고 잔소리를 해 댄다. 깐족깐족 꼰대 같은 말을 던지거나 지적질을 하기 시작한다. 그런데 간이라는 상사는 아무 말도 하지 않고 그저 미소만 짓는다. 그렇게 적당히 대충 한 5년 정도 해 오던 어느 날 갑자기 버럭 화를 내며 "너 이 자식, 나를 우습게 보는 거냐? 해고다!"라고 말하고는 단칼에 잘라 버린다.

어느 쪽 상사가 싫으냐고 묻는다면 둘 다 싫지만 그나마 나은 쪽을 고르라면 가끔 경고를 해 주는 편이 낫다.

그렇게 인내심이 강한 간이 "나 좀 힘들어."라고 말을 하니 보통 사람이라면 술을 끊겠지만 과연 나는 어떨까, 그런 이유로 술을 끊을까?

어차피 언젠가는 죽을 목숨,
절제는 비겁한 태도다

그런데 말이다, 이것도 아닌 것 같다. 왜냐면 그런 생각이 들 때마다 나는 오토모노 타비토의 시, 풀이하자면 '어차피 언젠가 죽을 목숨, 지금 즐거우면 그걸로 좋지 않은가'라는 아래의 구절을 떠올리며 극복해 왔다.

　　살아 있는 자에게 마침내 죽음이 있다면
　　이승에 있는 동안은 즐거움을 달라

　　술독으로 전신이 나른하고 등이 쿡쿡 쑤시고 미열이 계속 나서 이러다가 죽겠다, 오늘 밤은 술을 마시지 말자. 이런 생각이 들 때마다, "오늘 밤 안 마신다고 안 죽나? 그건 아니지. 인간은 언젠가 죽는다. 그것을 직시하지 않고 하룻밤 술을 안 마신다니, 잔꾀를 부리는 건 인간으로서 도저히 용납할 수 없는 비겁한 태도다. 나는 비겁해지지 않겠다. 정정당당하게 술을 마시겠다. 즐겁게 마시자. 즐겁게 마시고 즐겁게 죽겠다. 나야말로 그릇이 크다. 절제 따위는 떨거지, 어리석은 밴댕이들이나 하는 짓이다. 그런 녀석은 새우나 먹고 죽어라."

이렇게 생각하며 계속 마셔왔다. 나는 신념으로 꽉 차 있는 오토모노 타비토의 신봉자다. 이제 와서 사고로 죽은 생각이 "술은 너무 많이 마시면 몸에 안 좋아. 끊는 게 좋아." 같은, 그 따위 말을 한다고 해서 꿈쩍할 내가 아니다.

누가 끊겠는가, 바보. 바보. 바아아보. 누가 그런 말을 해. 애주가답게 술꾼답게 필름이 끊긴 채 생각했을 것이다. 그래서 그런가, 진짜로 그런 생각을 했다. 그러므로 건강상의 이유로 술을 끊겠다고 생각한 것은 아니다.

그렇다면 무엇일까. 건강상의 이유가 아니라면 그다음으로 생각할 수 있는 것이 바로 심경의 변화라는 놈이다.

인간의 심경이란 가끔 바뀌기도 한다고 들었다. 바다낚시를 좋아해 도구가 중요하다면서 비싼 도구를 사고, 휴일이면 어김없이 아침 일찍부터 바다낚시를 가던 사람이 어느 날 경품으로 당첨된 티베트 여행에 별생각 없이 가서 절을 둘러보고 참배도 하더니 그 후로는 바다낚시도 가지 않고 비싼 도구들도 남한테 주어 버린, 그런 일도 있다.

혹은 어떤 록밴드에 푹 빠져서 집 근처는 물론이고 멀리서 하는 공연을 호텔까지 예약해 가면서 보러 다니고 선물과 편지도 부지런히 보내는 등 그 록밴드 없이는 단 한시도 살 수 없을 정도로 열혈 팬인 소녀가 있었다. 그런데 어느 날 전통 예능인 분라쿠에 꽂혀서 그 이후로는 잠을 잘 때도 깨어 있을 때도 분라쿠, 분라쿠, 분라쿠, 오로지 분라쿠만을 외치며 이전에 그렇게나 열정적으로 좋아하던 록밴드의 이름조차 잊어버렸다. 이런 일도 사람이기에 있을 법하다.

그런 거, 즉 심경의 변화라는 놈이 내 마음에서도 불쑥 고개를 든 것은 아닐까. 그렇다면 그 바다낚시를 하던 아저씨의 '티베트 절', 록밴드를 흠모하던 소녀의 '분라쿠'라는 것이 내게도 있어야 하는데 그것이 뭘까? 이 점에 대해서 생각해 볼 필요가 있다. 아니 그전에 내가 그런 유의 것을 만난 적이 있었던가를 먼저 생각해 봐야 한다. 내게 그런 것이 있었나.

가슴에 손을 얹고 곰곰이 생각해 봤다. 아무것도 떠오르지 않았다. 나는 티베트에 가지 않았다. 티베트는커녕 국내에 있는 절에조차 가지 않았다. 분라쿠를 보러 간 적도 없다. 아니 이케부쿠로에 있는 전용 극장에도 가 본 적이 없다.

그럴 리 없다고, 이번에는 사타구니에 손을 얹고 생각해 봤지만 역시 짚이는 곳이 전혀 없다. 사타구니에 달린 그것조차 별 반응을 보이지 않는다.

절과 분라쿠가 아니라도 술을 잊게 만들 정도로 놀라운 것이라면 뭐든지 좋겠는데. 마약에 탐닉했다든지 여자들이 나오는 터키탕을 문턱이 닳을 정도로 뻔질나게 드나들었다든지, 그런 것도 상관없는데 안타깝게두 그런 것조차 전혀 없다. 술을 최상위의 쾌락으로, 위상 정립하고 살아왔기 때문에 이제 와서 그까짓 거에 가치관이 흔들렸던 적은 단언컨대, 없다.

그렇다면 어찌 된 일일까. 왜 분라쿠도 절도 없는데 술을 끊어버린 것일까. 혹시 자신에게 더 유익할 것 같은 무언가를 발견했기 때문에 더는 술이 필요 없게 되었다는 긍정적인 방향성을 가진 심경의 변화가 아니라, 사태가 악화되었기 때문에 일어난 심경의 변화, 즉 부정적인 심경의 변화가 일어난 게 아닐까. 그래, 자포자기나 악에 바친, 뭐 그런 정신 상태가 되어 술을 끊은 게 아닌가. 그래, 그런 거 말이다.

하지만 아니다 싶다. 그런 생각이 든다.

인간이란 자포자기에 빠지면 오히려 술을 마시기 때문이다. 명예퇴직 대상자가 되거나 사귀던 여자가 바람난 그런 경우에 술을 마시는데, 이때 홧김에 엄청나게 마신다. 실직하고 이혼까지 하는 바람에 알코올 중독에 빠졌다는 경우가 많잖아.

그러므로 "사랑하던 여자가 바람나서 도망갔다. 자포자기다. 술을 끊자."라는 프로세스는 성립되지 않는다. 홧김에 술을 마신다는 말은 있어도 홧김에 금주라는 말은 들어본 적이 없다.

마찬가지로 "분하다. 이렇게 된 이상 자포자기다. 헬스장 가서 몸이나 단련하자."라든지 "이렇게 된 이상 자포자기다. 피부 관리실에 가서 기분전환이나 하자."라는 식으로는 좀처럼 마음이 움직이지 않는다.

일단 절망에 허우적거리는 인간은 자신에게 정나미가 떨어지고 정신적으로 피폐해져 육체를 괴롭히고 자기 자신을 망가뜨리고 싶다는 마음이 간절해지는데, 그것이 자포자기라는 놈이다.

혹시, 아니 만약 인생을 비관해서 술을 끊고 헬스장 다니고 아로마 테라피도 하고 서핑도 하고 홈 파티를 열어 남자에게는 화려한 음식을 여자에게는 아름다운 데코 요리를 잘난 척 대접하는, 그래, 만약 그런 사람이 있다면 꽤나 풍류를 즐길 줄 안다고 인정하겠다. 하지만 진실로 절망한 사람은 풍류를 즐기는 사람이 되고 싶어도 되지 못하고 (시인도 노래하는 이도) 그저 폐인의 길로 돌진할 것이다.

그러니까 부정적인 심경의 변화로 술을 끊는 일 따위 없다.

그렇다면 도대체 뭘까. 건강상의 이유도 아니고 심경의 변화, 가치관의 변화도 아니다. 생각할 수 있는 이유는 단 하나, 그래, 몸과 마음의 문제가 아니라, 사상의 문제, 순수한 이론으로써의 오토모노 타비토주의가 내 안에서 흔들렸다. 아니, 흔들린 정도가 아니라 너무나도 과격한, 간이 못 쓰게 되어도 술만 마실 수 있으면 그것으로 충분하다던 오토모노 타비토의 술지상주의에 지쳐서 드디어 전향한 것이다.

룰루랄라, 그런 일이 있었나.

전혀 없지는 않았을 것이다. 깊은 신앙심을 가진 신부님이 고문에 견디지 못해 신을 부정하고 자신이 선교하던 자들을 잔혹하게 탄압했다는 이야기를 들은 적이 있다. "나아가라, 1억 개의 불덩어리여, 쳐부수어 버리자."* 이렇게 주장하던 사람들이 갑자기 '1억 총참회'**라고 말하기 시작했다는 내용을 읽은 적도 있다. 전쟁 전 사상가였던 이도 탄압에 의해 전향하는 경우가 많았다고 한다. 그러한 것을 주제로 훌륭한 문학작품이 발표되기도 했다.

왜 그런 게 가능한가. 별다른 신념 없이 적당히 사상을 주장하면 신념과 사상 자체가 엉망진창이 되어 약간의 힘만 가해도 휘어지지만, 일종의 내진 구조라고나 할까 아니면 유연 구조라고나 할까 그런 게 있으면 휘어질 뿐 뚝 부러지지는 않는다. 그러나 그 사상을 굳게 믿고 강하게 신봉하면, 신봉 그 자체는 굵고 단단해서 힘을 꽤 주어도 구부러지지 않다가 일정한 수준 이상의 힘을 더 가하면 견디지 못하고 툭 부러져 버린다. 그렇게 되지 않기 위해서 조금이라도 휘어지면 좋겠으나 굳건한 신념은 차마 휘어지지 못하고 이를 꽉 깨물고 고통을 견디다가 결국에는 부러지고 만다.

과연 나는 전향한 것일까.

* 제2차 세계대전 당시 일본이 내세웠던 슬로건이자 군가
** 전쟁의 책임을 전 국민이 지고, 뉘우쳐야 한다는 주장

아니 안 했다. 사실이다. 왜냐, 나의 오토모노 타비토주의는 정부에게 탄압을 당했다거나 비밀경찰에게 늘 감시당하고 있다거나 한 사실이 없으며, 전쟁이라고 해야 할까, 사상을 둘러싸고 논쟁이라든지 언쟁을 하다가 처절하게 얻어터지고 뻗어버린 경험도 없다. 세상 사람들은 나를 상대해 주지 않았고 무슨 말을 해도 어떤 행동을 해도 아무도 알아주지 않던 덕분에 나는 사상을 유지하면서 즐겁게 술을 마실 수 있었다. 고통스러운 전향 따위 내가 했을 리 없다는 말이다.

그렇다면 도대체 무슨 일이 일어났는가. 나는 왜 술을 끊었는가. 지금껏 이유가 확실하지 않다. 이것이야말로 중대한 문제다. 앞에서도 말했듯 그 부분이 명화해지지 않는 한 나는 두번 다시 술을 마실 수 없다.

끊임없이 계속되는
제정신과 광기의 싸움

나 자신이 술을 끊은 이유를 곰곰이, 차분히, 묵묵히, 지속적으로 생각하고 있다. 그러나 확실한 건 아무것도 없다. 이유는 앞에서도 말했듯 생각이 죽어 버렸기 때문이지만 여기에서 문득 떠오르는 생각이, 생각이 죽었다는 게 말이 되냐는 생각이다. 생각이 죽었으면 생각을 못 해야 한다.

하지만 나는 지금도 생각을 하고 있다. 이것이 도대체 무슨 말인가.

그때 나는 내 생각이 자동차가 많이 다니는 다마가와 도로에 추락하는 것을 이 두 눈으로 똑똑히 목격했다. 즉 내 안에는

-

적어도 두 개의 생각이 있었고 하나는 죽었지만 하나는 살아남았다. 그래서 지금도 생각을 할 수 있다. 말하자면 생각에는 예비용이 있어서 만약 하나를 사용할 수 없게 되면 예비를 사용해서 움직일 수 있다.

그것을 남들에게, "그러니까 예비 배터리 같은 겁니다. 갑자기 생각할 수 없게 되면 곤란하잖습니까. 나는 머릿속에 배터리가 두 개 있는 셈입니다. 그래서 배터리가 떨어지거나 하는 일은 절대로 없습니다. '고등어 누름 초밥, 밧테라가 맛있습니다요. 겨울에는 뭐니 뭐니 해도 일본 요리가 최곱니다.'라고 갑자기 말할 수 있는 것도 생각이 두 개 있기 때문입니다. 또 하나가 멋대로 말합니다. 그냥 죽어 버려. 옆 반으니까 밀어 버려. 방해되잖아."라고 신나게 말했다면 듣는 사람은 어떻게 생각할까. 미쳤다고 하겠지… 나도 그렇게 생각한다. 하지만 다시 생각해 보니 지금은 그렇게 생각하는 것이 가장 합리적이라는 생각도 든다.

재작년 12월 말, 나는 미쳐 있었다.

미쳐 있었기 때문에 술을 끊겠다는, 제정신으로는 도저히 내릴 수 없는 판단을 내려 버렸다. 그리고 그때 내 머리에는 두 개의 생각이 병존하고 있었다(왜냐면 미쳐 있었으니까). 두 개의 생각 중 제정신이 미친 쪽을 밀어서 떨어뜨려 버렸다.

여기에서 의문이 생긴다. 그렇게 해서 광기를 죽여 버렸으니 올바른 판단에 의거해 술을 끊는 일을 그만두면 좋았을 텐데 왜 그렇게 하지 않았는가 하는 것으로, 어쩌면 이게 가장 심각한 의문이다.

이에 대한 임시 대답은 일단 모든 것이 한 번 움직이기 시작하면 만에 하나 그것이 미친 판단이라고 하더라도 멈추게 만들기가 좀처럼 쉽지 않다는 것이다. 도요토미 히데요시가 조선 출병 이야기를 꺼냈을 때 도쿠가와 이에야스는 저도 모르게 "다이코* 전하는 미쳤다."라고 한탄했고 수많은 다이묘**도 "이건 아니다."라고 생각했지만 출병을 막을 수 없었다. 최근 예로는 아무리 계산해도 패배가 분명했던 제2차 세계대전의 일을 들 수 있다. 미국과의 전쟁 도중에 화평 또는 항복으로 멈출 수 없었다.

마찬가지로 나의, 그러니까 술을 끊겠다는 미친 판단도 일단 내린 이상 그것을 곧바로 뒤집기란 어려우며 무엇보다도

---

*   도요토미 히데요시를 뜻한다
**   지방의 영주

당사자, 책임자가 없는 현재 그 진의를 따지고 드는 것도 불가능하다.

그러므로 나로서는 "왜 술을 끊었는가?"라는 질문에 대해서 일단 지금은 "미쳤기 때문에."라고밖에 대답할 수 없다. 그리고 그 상태로 계속 나아갈 수밖에 없다.

이런 연유로 앞으로 나아가기는 할 테지만 지금 이 질문, "왜 술을 끊었는가?"라는 질문을, 나는 다시 한번 살펴보고 싶다.

핑계 같아서 면목이 없지만 나는 정말로 술을 끊었는가, 라고 다시 묻고자 한다.

무슨 말이냐면, 술을 끊었다는 것은 술을 완전히 끊은 상태를 말한다. 술을 끊으려고 생각하는 상태가 있고, 술을 끊어가고 있지만 완전히 끊었다고는 할 수 없는 상태가 있다. 나 자신도 무슨 말을 하려는지 이해할 수 없으므로 순서대로 정리하면 이렇다. 술을 마시고 있다 → 술을 끊으려고 생각한다 → 술 끊기를 시작한다 → 술을 완전히 끊은 상태다, 이러한 순서로 인간은 술을 끊는다. 과연 나는 지금 어느 단계쯤 와 있을까. 그리고 또 어떻게 하면 술을 완전히 끊었다고 말할 수 있을까.

이런 식으로 생각해 보면 나는 아직 술을 완전히 끊었고,

해탈해서 깨달음의 경지에 도달했다고 말할 수 없지 않을까 싶다. 왜냐면 확실히 지금 이 순간 술은 마시고 있지 않지만 이 상태가 영원히 지속된다는 보장이 없기 때문이다. 하물며 미친 상태에서 내린 판단이라면 언젠가 갑자기 제정신으로 돌아와 "술을 마시지 않다니 왜 그런 바보 같은 짓을 하지? 이해할 수가 없네. 내가 한 일이지만 정말 엄청난 짓을 저질렀군." 하며 그 자리에서 곧장 편의점으로 달려가 위스키를 사서 가게 앞에 선 채 일단 마시고 보지 않을 거라고 누가 장담할 수 있겠는가.

간단히 말하면 이는 금연 농담 같은 것이다. 금연만큼 쉬운 것은 없으며 나는 자주 금연하고 있다는 말과 같은 것이다. 재작년 12월에 미쳐서 술을 끊자는 생각이 든 그 순간 술을 끊은 상태가 되었다. 그리고 그로부터 약 1년 3개월 동안 단 한 방울도 마시지 않고 있다. 과연 술을 끊었다고 할 수 있을까. 이것을 남에게 말하면 대부분 "대단하네. 의지가 강해."라고 칭찬을 할 것이다. 그러나 나는 조금도 기쁘지 않다. 왜냐면 내가 말했듯이 이성이 작용해서 술을 끊은 것이 아니기 때문이다. 그래, 그런 말을 들으면 들을수록 "넌 ○○○○다."라는 말을 듣고 있는 것 같다.

아니, 그것보다 지금은 미쳐서 끊었지만 언젠가 제정신이 돌아와서 본연의 나로 다시 돌아가게 된다면 전과 다름없이 마시기 시작할 게 틀림없다. 따라서 나는 완전히 술을 끊은 상태에는 아직 이르지 못했고 가끔 술을 끊고 있는 상태에 있을 뿐이다.

예를 들면 직접 깨달음을 얻고 싶다며 불교에 귀의해 열심히 수행하는 것이 아니라 한때 마음이 회까닥하는 바람에 출가한 상태로 그냥 1년 정도 지나 버린 것에 가깝다. 채소절임 통에 소금을 뿌리라고 엄마가 날 낳았나, 하고 읊조린 오자키 호사이*의 시가 떠오른다. 나도 주절거려 본다. 술을 끊고 성실하게 살아가라고 어머니가 나를 낳았나, 라고.

그거야 당연하지, 라고 말하는 사람은 내 속마음 따위 전혀 알지 못한다. 죽어버린 예비 배터리에게 지금껏 속박당해 고통받고 있는 사람의 심정 따위. 자기 연민에 젖어, 그런 내게 딱 맞는 노래를 니시노 카나**가 불러주지는 않을까 싶어 검색해 보지만 어째 흔적도 없다. 그렇다면 직접 정신에 관한 연구를

---

* 尾崎放哉, 1885~1926, 일본의 시인
** 西野カナ, 1989~, 일본의 여성 가수

하는 수밖에, 딱히 방법이 없다.

응? 내가 지금 무슨 말을 하고 있는 거지. 그래, 나는 여전히 술을 완전히 끊은 상태까지는 도달하지 않았다고 말하고 있다.

그러나 1년 3개월 동안 술을 마시지 않았다는 사실은, 분명히 말하지만 괴로운 일이며 남한테 이런 말을 하면 칭찬을 듣는다는 것도 이미 말했다. 그리고 반드시 "도대체 어떻게 끊은 겁니까?"라는 질문이 뒤따라온다.

대답은 "왜 끊었습니까?"에 대한 답과 마찬가지로 "미쳤으니까 끊을 수 있었다."로 결착된다. 그러니까 술을 끊고 싶다면 일단 미치면 된다. 내 경우, 그렇게 하자고 생각해서 술을 끊은 것이 아니라 우연히 그렇게 되어 버렸기 때문에 모든 사람들에게 적용할 수 있다고는 생각하지 않으니 부디 의도적으로 미치는, 그런 짓은 부디 하지 말기를 바란다.

내 경험을 바탕으로 말하자면 미쳤다고 해서 쉽게 술을 끊을 수 있는 것도 아니다. 왜냐면 머릿속에는 배터리가 2개 있기 때문에 하나는 미쳐서 술을 끊으라고 말하지만 나머지 하나인 제정신은 술을 마셔야 한다고 강력하게 주장하기 때문이다.

더구나 미친 쪽이 침묵하고 있으니 오히려 제정신 쪽이 세다. 이 말이 무슨 말인고 하니 그래, 나는 술을 끊은 직후부터 잠시도 쉬지 않고 술을 마시고 싶다는 욕구에 사로잡혀 있고 지금도 그렇다.

좀 더 확실하게 말할까? 나는 지금도 술을 마시고 싶다. 마시고 싶어 죽겠다. 하지만 마시지 않고 참고 있다. 왜냐고? 미쳤으니까.

즉 술을 끊었다는, 내 자신이 이런 이상한 짓을 하고 있다는 것을 인정하고 싶지 않기 때문에 지금까지 의도적으로 이 말을 사용하지 않았지만 지금은 사용하겠다. 금주, 단주라는 것은 늘 자신의 제정신과 미친 광기의 싸움이다. 마시고 싶다는 제정신과 마시지 않겠다는 광기가 피를 흘리며 싸우고 있는 것이 바로 금주이자 단주다.

나는 요 1년 3개월 동안 계속해서 전투 중이다. 마시고 싶다는 제정신과 싸우고 또 마시지 않겠다는 광기와도 계속해서 싸우고 있다.

이것을 문학계에서는 내면의 갈등이라고 일컫는다.

그래, 나는 1년 3개월 동안 계속 갈등에 버무려져 있고 지금도 계속 갈등 속에 서 있다. 그 결과 간신히 술을 끊고 있는 상태를 유지하고 있다. 그것이 갈등인 이상 어느 쪽이 이기거나 지는 게 아니라 굳이 말하자면 모두 패배한 셈이지만 지금까지는 술을 마시지 않고 있으니 이 싸움에서는 광기가 약간 우세한 상황이다.

어떻게 술을 끊었는가. 이 질문에 대해 내가 일단 내린 답은 광기의 이야기를 들어보면 알 수 있을 것이다.

인생은 본디
쾌락인가 고통인가

술을 끊은 이유를 알고 있는 광기가 육교에서 떨어진 후 행방이 묘연해서 혹시 죽은 게 아닌가 싶었는데 다행히도 여전히 쌩쌩하게 '제정신'과 한 판 붙고 있었다. 사실 당연한 말이지만 안 그러면 싸울 수 없다. 나는 이야기를 들으러 광기에게 다가갔다.

광기라고 하니까 필시 말도 안 되게 난폭한 남자로, 몸에 화물 운반용 고무 튜브를 감고 있거나 무의미하게 피를 질질 흘리거나 한여름에 겨울 제철 채소 키우겠다고 설치거나 약속 시간 따위 안중에도 없고 6년 전에 만든 볶음밥을 태연하게 손님에게 내놓는 그런 녀석을 상상했는데, 이거 웬걸? 매우 일반적이라고나 할까 아니면 보통 이하라고나 할까, 초연한 느낌이 나면서 딱히 긴장감도 없고 대충 반말이나 툭툭 던지다가 가끔 꽤 빈정대는 말투로 이야기하는 그런 남자였다.

허나 역시 광기는 광기. 이야기의 논리는 비약, 파탄, 모순투성이고 과도하게 문학적이고 공상적이고 그래서 이해가 잘 안 되는 부분도 적지 않았지만 일단 정리하면 이렇다.

어떻게 술을 끊었냐고? 그런 질문을 받으면 정신이 사차원으로 가 버린다고. 이런 말을 자주 듣지. "싸움을 그만두지 마라. 너는 술을 끊은 게 아니다. 지금도 계속 싸우고 있다. 술을 마시고 싶다는 욕구와 싸우는 것이다."라고. 나로서는 말이야, 어떻게 술을 끊었냐는 건 어떻게 적을 쓰러뜨릴까라는 물음과 같아. 딱히 의식적으로 하고 있지 않다 이 말이야, 덤비면 되갚아 줘. 당연한 거 아냐? 당연한 걸 어떻게 설명하냐고. 그러니까 내가 얼이 빠지는 거지.

하지만 설명해야겠지? 그래, 설명하지, 해. 그런데 너 날 광기라고 부르네? 얼버무려도 늦었어. 알고 있어. 됐어. 됐다고. 알고 있으니까. 사과 안 해도 돼. 왜냐고? 그게 내 싸움법이니까. 그리고 그건 저쪽도 마찬가지야. 저쪽이 "술을 마시지 않다니 미쳤다."고 하기에 내가 이렇게 되받아쳐 줬지. "술을 마시다니 미쳤군."이라고 말이야.

그래. 이게 가장 밑바닥에 깔려 있다, 이거야. 즉 우리들의 싸움은 일단 이론 투쟁, 사상 투쟁이라는 거지. 요즘 인기 있다는 《구칸쇼》* 읽었지? 거기에 '도리道理'라는 말이 나오잖아. 그러니까 그런 거야. 술을 마시는 것이 도리인가, 안 마시는 것이 도리인가. 그걸 두고 우리들은 매일같이, 1년 365일, 필사적으로 계속 싸우고 있다 이거야. 뭐어? 크리스마스 휴전언? 있을 리 없잖아. 예수 그리스도? 완전 애주가잖아. 저쪽 편들게 뻔한데 내가 왜!

구체적으로는 어떤 논쟁이냐고? 논쟁 따위 안 합니다요오. 속으로 바른 것에 대해 생각하지, 가슴에 손을 얹고 말이야. 스스로 술 취해서 어떤 언행을 했는지, 그때 어떤 표정을 지었는지. 지퍼는 제대로 잠겨 있었는가. 셔츠 단추는 풀려 있지 않았는가. 화장은 뭉개져 있지 않았는가. 입김에서 토할 것 같은 냄새는 나지 않았는가. 이런 걸 생각하는 것만으로 충분해. 그러

* 일본 가마쿠라 시대의 승려 지엔이 지은 역사서

면 적이 해롱해롱 거리거든. 내가 구체적인 예를 일일이 들지 않아도 저쪽이 알아서 뜨끔! 하지. 뭣도 모르면서 분야의 권위자에게 아는 척하며 논쟁을 하려고 들거나 자신보다 훨씬 돈 잘 버는 술집 종업원 앞에서 실제로 숫자를 들먹이면서 친구보다 연봉이 높다고 자랑질하거나 방광 비우고 오는 길에 잘못해서 생판 모르는 사람들 자리에 앉았는데 그것도 모르고 그냥 눌러앉아서 신나게 떠들거나 석등을 끌어안고서 허리를 비비적거리거나, 그런 거 말이야. 그러고는 진땀을 삐질삐질 흘리며 으으음 하고 신음소리를 내지.

그래. 말씀하신 대로. 그런 게 막 떠오르면 말이야, 술 마시고 못 할 짓, 부끄럽고 이치에 맞지 않은 짓을 했다는 생각이 미친 듯이 마구 떠오른다고. 그러면 저쪽도 어쩌면 술을 마시지 않는 것이 도리인가, 라고 생각하게 되지. 그런데 말이야, 그 정도로 이겼다고 안심하면 안 돼. 이 싸움이 그리 만만한 게 아니라고. 저쪽도 죽을힘을 다하고 있거든. 딱 까놓고 말해서 저쪽은 여기서 지면 술을 못 마시게 되잖아. 그러니까 필사적으로 해괴망측한 썰을 풀어 놓지. 자다가 봉창 두들기는 소리를 하는 거야. 존 리 후커*가 사실은 가키노모토노 히토마로**를 열심히 연구했다! 뭐 그런. 말도 안 되는 얘기를 막 던져. 말하자면 상처 입은 맹수가 될 대로 되라는 식으로 반격하는 셈이라고나 할까. 또 뭐라더라. 고액의 연봉 따위 일시적인 것이다, 노후를 어떻게 보낼 생각이냐, 권위자나 석학이라고 불리는 녀석들은 대체로 가짜다, 진정한 현자는 은거하고 있다, 사람과 사람의 만남, 온기가 무엇보다도 중요하다, 석등도 사람이다! 이런 말도 안 되는, 콧방귀 뀔 만한 주장을 연거푸 뱉어내며 자기 자신을 정당화하다가 결국에는 뭐라는 줄 알아? "남이 뭐라고 하던 나는 술을 마시겠다. 단 한 번뿐인 인생이다. 하고 싶은 일을 할 것이다. 금강산도 식주酒경이다. 술 없는 인생은 무의미하다. 남의 눈을 신경 쓰고 남한테 어떻게 보일까 신경 쓰고 세상 사람들을 신경 쓰고 좌고우면 한다면 살아서 무슨 재미가 있나. 내 일에 신경 쓰지 마라. 나는 내 맘대로 살 거다."라고 말하지.

맞아. 이런 말 들으면 이쪽도 더 이상 할 말이 없어. 그러다

* John Lee Hooker, 1917~2001, 미국의 컨트리 블루스 가수
** 柿本人麻呂, 662~710, 7세기 일본의 시인

죽는다, 어떻게 그렇게 말해. 실제로 죽으면 모든 게 다 사라지지만 애주가든 뽕쟁이든 살아만 있으면 눈곱만큼이지만 의미는 있다고 할 수 있으니까.

그래, 맞아. 나, 지금까지 몇십 년 동안 논쟁을 해 왔지만 계속 졌어. 저쪽은 오랫동안 이론 투쟁에서 승리한 덕에 계속 술을 마셔 왔던 거고. 계속 패배했지만 이번만큼은 말이야, 갑자기 떠오른 새 이론으로 녀석에게 보기 좋게 한 방 먹이고 패배의 쓴맛을 보여 줬지, 처음으로 말이야. 그 새 이론이 뭔지 궁금해? 궁금하면 아이디와 패스워드가 필요합니다요. 아냐, 아냐. 농담이야, 농담. 나 그렇게 쪼잔하지 않아.

녀석의 주장은 한마디로 말하면 '즐기고 싶다.' 이거야. 녀석은 줄기차게 그렇게만 말하고 있지. 왜 그럴까. 그게 말이지, 그럴 만한 이유가 있더라고. 내가 그걸 딱 알아차려 버렸지 뭐야.

나는 말이지, 한마디 더 하자면 녀석이 즐기고 싶다고 말하는 이유에서 불만이랄까, 불공평이랄까 뭐 그런 걸 알아차렸지. 나는 더 즐겨야 하고 즐길 권리가 있는데 부당하게 빼앗겼다. 그래서 그것을 다시 찾아야겠다. 그렇게 말하는 것 같았지. 원래 누려야 했을 행복, 인생을 되찾고 싶다, 그렇게 말한다 싶더라고. I can't get no satisfaction. Get back to where you once belonged(나는 만족할 수 없다. 예전에 속한 곳으로 돌아가라). 이러는 거지.

내가 이렇게 말하니까 뭐래는 줄 알아? "그건 어디까지나 네 추측이고. 내가 어떻게 느끼는지 네가 어떻게 알아?"라고 실실 쪼개면서 빈정대더라고. 하지만 알지, 내가 왜 몰라. 녀석이 바로 나잖아. 내 내면이라고.

그래서 내가 한 마디 던져 줬지, "그럼 왜 즐길 권리, 즐거움을 부당하게 빼앗겼다고 생각하지? 가지고 있던 재산을 빼앗겼으니까 되찾아야 한다고 말하는 격인데 너 얼마나 있었는데? 증명할 자료라도 있나? 기록 남겼어? 있으면 내놔 봐. 없지? 없지? 그러면 넌 원래 한 푼도 없었던 거라고. 없었던 것을 빼앗겼다고 네가 착각하고 있는 거야. 즐길 권리? 그딴 거 누가 줬는데? 인생은 원래 즐거워야 한다는 환상에 빠져 있을 뿐이라고. 인간의 삶은 부처님이 말한 대로 고통으로 가득해, 그것도 모르냐?"

그랬더니 녀석이 또 뭐래는 줄 알아? 쾌락주의 철학이 어쩌고저쩌고 뭐, 피상적인 뭐시기를 입으로만 나불거리고 증명은 못하더라고. 그래서 내가 단번에 제압해 버렸더랬지.

"인생은 즐거워야 한다? 그런 거 개나 줘 버려. 광고쟁이들이 만들어 낸 허무맹랑한 망상이라고. 토리스 위스키를 마시고 하와이로 가자? 그래, 누군가는 가겠지. 그건 복권 1등에 당첨된 사람이야. 30억 원짜리 복권에 당첨된 사람도 어딘가에는 있겠지, 그래 있다고 쳐. 그런데 자신이 그 사람이 되어야 하고 30억 원의 권리를 부당하게 빼앗겼다고 주장하는 사람과 그런 거에 당첨될 확률이 낮다고 말하는 사람, 어느 쪽이 제정신일까? 모든 사람이 행복할 권리가 있다고 주장하는 것과 모든 사람이 30억 원에 당첨되어야 한다고 주장하는 것만큼 꼴답잖은 것도 없다고. 알아먹었어? 뭐어어? 행복 추구의 권리? 웃기고 자빠졌네, 이제는 법률을 들먹입니까요오? 그건 행복의 권리가 아니잖습니까요오오. 추구의 권리지. 추구하라고. 그러면 되잖아? 추구해, 추구해라. 누가 말려? 100억 원어치 복권을 사면 10억 원 정도는 당첨되겠지, 안 그래?"

그랬더니 녀석, 입 처 닫고 꿀 먹은 벙어리가 되더라 이거야. 입 닥치고 얼굴 치켜들고 이마 주물거리고 자기 젖꼭지를 쪼물거리고 몸을 배배 꼬며 몸부림치더라고. 그래서 내가 뭐랬는줄 알아? 치명타를 한 방 날려 줬지.

음주란 인생의 부채다

이렇게 밑밥을 쫘아악 깔고 나서 내가 마지막 한 방을 날렸다고.

"인생? 그래, 즐겁지. 그럴지도 모르지만 자산의 반대쪽에 부채가 있듯이 절대적으로 순수한 즐거움 따위는 없어. 우리들의 생명에 대해 생각해 보면 알 수 있잖아. 생명은 고통을 동반했을 때 비로소 존재하는 거라고. 구체적으로 말해 볼까? 일해서 돈을 벌지 않으면 덧없는 목숨도 부지 못해. 그런 고통은 말이야, 바보 같은 녀석에게 아첨을 하거나 콩나물시루 같은 지하철을 타거나 얼토당토않은 헛소리에 좋아요!라고 마음에 없는 말을 하면서 유지되고 있다고. 틀림없는 부채지, 부채. 그것도 막대한, 잘못하면 감당 못하게 돼.”

이렇게 말하니까 녀석이 좀 활기를 되찾더라.

“무슨 말을 하는 거야? 역시 넌 미쳤어. 그러니까 술을 마시는 거잖아. 그런 고통을 즐거움으로 커버 치려고 말이야.”

“후후후. 뭔 개소리야? 그래, 아주 알기 쉽게 설명해 주지. 그러니까 말이야, 너는 술 마시는 즐거움이 인생의 순자산이 된다고 말하고 있는데 말이야, 하하하, 그렇게 잘 풀릴 리가 있나. 확실히 말해서 자산도 아니지. 왜냐, 술은 금방 깨잖아.”

“말하자면 상각 자산이지.”

“멍청하긴. 몇 시간 만에 상각이 되는 그런 거? 그건 상각이 아니라 소멸이다. 그런 걸 자산이라고는 안 하지.”

“그래도 그 당시는 즐겁지.”

“물론. 하지만 한순간이라는 사실.”

“그러니까 코가 삐뚤어지도록 마시는 거잖아. 즐거움이 끝나지 않았으면 하니까.”

“즐거움이 끝나면 어떻게 되지? 부채만 남는다고.”

“술값 말하는 거냐? 그런 거 술이 주는 즐거움에 비하면 껌이지.”

“그것만 있나? 술을 많이 마실수록 숙취라는 고통이 따르지. 게다가 말이야, 술을 많이 마시면 자신이 즐거운지 어떤지조차 모르게 될 가능성이 있다고. 왜냐면 즐거움을 느끼는 주체가 이미 엄청나게 취해 있으니까. 즉 즐거움도 뭣도 느끼지 못하고 그저 반미치광이가 돼서 마구 소리만 지르고 있을 뿐. 술에 취해 있지 않으면 오히려 고통스럽다는 이유도 있을 수 있지."

"뭔 말이야?"

"그래, 예를 들면 말이야, 즐거운 존재가 아니라 단지 골칫거리로 취급당하고 주위 사람들로부터 차가운 시선을 마구 받지만 그런 것조차 알아차리지 못하고 계속 소리치고 있는 고독한 맹수라고. 그런 거, 힘들지 힘들어."

"난 안 그래."

"맨정신이라면 알지. 하지만 취해 있으면 모르지. 고주망태니까."

"으음…."

"그거야말로 부채입니다요오. 그러고 나서 엄습해 오는 건 극심한 숙취와 희미하게 남은 기억이 만들어 내는 불안, 그로 인해 마음속에 먹구름처럼 펼쳐지는 절망과 후회."

"그만해. 술 당긴다."

"그런 식으로 불안을 달래기 위해 술을 마시는 건 자신의 인생을 경영하고자 하는 자세가 아니지, 암, 아니고말고. 이자 갚으려고 자꾸만 빚을 지는 다중채무자지. 술을 마셔도 즐겁지 않고 마시지 않을 때는 불안과 불쾌감만 늘고."

"중독자나 그렇지. 근데 어쩌나, 나는 평상시에 일도 하고 있고 낮에는 마시지 않으니까 괜찮지롱."

"그럼 마셔. 마시고 부채를 계속 늘려. 술 마시는 즐거움에 비례해 차곡차곡 늘어가기만 기도해 주겠어. 힘들겠지만. 왜냐고? 목숨이 이른바 상각 자산이니까."

"병나면 어떡하냐, 이 말이냐?"

"병이 나도 취하기는 하니까 괜찮잖아? 즐거움이 늘어나면 그만큼 고통도 뒤따르는 법. 그러다가 고통이라는 이자가 확 불어나서 마시지 않고 있을 때는 그저 겨우 버티고 있는, 그런 상태가 된다고나 할까. 너, 벌써 그렇게 되지 않았나? 술을 마시기 위해 일하고 있지? 그렇지? 너한테 술 외에는 가치가 없잖아. 그거 자체가 고통 아니냐? 됐어. 하고 싶은 대로 해. 세상의 아름다운 경치나 사랑하는 사람과의 슬프고 애절한 정 같은 게 아무래도 좋다면, 더러운 빌딩 한 귀퉁이 술집에서 뇌나 마비시키고 있으라고!"

"야, 시끄러. 나 좀 다녀올게."

"그래라. 어디 가는데?"

"편의점."

"뭐 사러 가는데?"

"네 얘기가 하도 시끄러워서 소주 사러 간다. 맨정신으로는
도~저히 너랑 대화가 안 돼."

미친 놈, 이젠 더 이상 못 참겠다, 그 말인 게지. 720ml짜리
사케 두 병을 사들고 왔더라고. 나는 대뜸 한 마디 물어 줬지.

"야, 왜 두 병이야?"

"뭐, 그렇지."

녀석이 매가리 없게 대답을 하더니 또 뭐래는 줄 알아?

"딱히 두 병 다 마신다는 건 아니고. 나 그렇게 많이 안 마
셔. 그냥 한 병 마시고, 음, 그런데 한 병만 더 마시면 딱 좋겠다,
뭐 그런 생각이 들 때 없으면 허전하기도 하고. 그런 거잖아?
섭섭한 마음이 안 생기게 두 병 사 왔지. 이 두 병을 싹 다 비워
버리는 일 따위는, 결단코, 절대로, 없어."

변명을 하더라. 그러고 나서는 부랴부랴 뭘 이것저것 차리
더니 벌컥벌컥 마시기 시작하네. 한 잔 두 잔 마시더니 간뎅이

가 붓기 시작했는지, 처음에는 내가 말하는 걸 농담으로 취급하기도 하고 진지하게 말하면 딴지나 걸면서 상대화시킬 꿍꿍이였나 보더라고. 근데 별 효과를 못 봤지. 그러다가 뭔 소리인지 알 수 없는 말을 궁시렁거리고 실실 쪼개다가 갑자기 막 화내고, 결국에는 먼 산을 물끄러미 바라보더라. 딱 보니까 완전히 취했더만. 딱 그거야. 두 병을 싹 다 비운 건 아니지만 한 절반을 비웠어, 아주. 거참 말을 더럽게 안 들어처먹네 싶었는데 갑자기 푹 꼬꾸라지더라고.

나는 나니까 상관없지만 만약 남이었어 봐, 그 추태는 틀림없이 인생의 부채가 되었을 거야. 긴 세월에 걸쳐서 축적해온 신용과 우정이라는 무형의 자산을 깡그리 다 까먹어 버리는, 무지막지하게 큰 유형의 부채가 되는 게지.

그런데 말이야, 실은, 내가 그 추태를 처음부터 끝까지 동영상으로 다 촬영해 뒀다 이거지. 놈이 의식을 되찾아서 육체적으로 심각한 숙취 증상을 보일 때 동영상을 재생해서 감상하라고 했지. 그랬더니 큭큭큭, 녀석이 말야, 자신이 제정신이고 내가 광기라고 주장하던 놈이 논리적인 일관성을 점점 잃어가더니 곤약처럼 부들부들 떨더라. 마치 의미 불명의 프로젝터에 투영된, 움직이는 무늬처럼 되더니 점점 작아져서 의식의 장에서 소멸해 버렸지. 그렇게 해서 나는 논리 싸움에서 승리해 버렸다 이거야. 승리했다고.

그니까 정리하자면 술의 즐거움은 인생의 자산이 아니며 즐거움이라고 부르던 것이 실은 부채라는 사실을 한 수 가르쳐 줬다, 이 말이지. 이 생각을 발전시키면 반드시 인생 자체의 균형이라는 지점에까지 생각이 미치지. 즐거움의 반대쪽에는 반드시 고통이 있다. 이것은 절대적이다. 태어나면 반드시 죽듯이. 삶이라는 자산의 반대쪽에는 반드시 죽음이라는 부채가 있다. 그러므로 살아 있는 동안에 즐거움이 고통을 조금이나마 웃돌게 하지 않으면 오로지 고통스러워지기 위해 살고 있다고 느끼게 되지. 그런데 말이야, 적어도 음주에만 한해서 계산기를 두들겨 보면 지금까지 봐 왔듯 마이너스가 너무 커서 고통이라는 부채가 늘어날 뿐이라는 건 명확하다 이거야. 그래서 놈이 광기라는 물밑으로 가라앉아서 안 보이게 되고 내가 제정신의 해안에 상륙했다, 뭐 그런 얘기지.

금주를 주장하는 광기의 장황한 얘기가 끝났다.

그렇군. 나는 납득했다. 분명 술을 마시고 있는 본인은 즐거웠다고 주장하지만 그 기분을 느끼는 주체가 너무 취해있어서, 좋다고 판단했다는 것 자체가 상당히 수상쩍다는 말인데, 하긴 그런 식으로 생각해 보면 부채가 크다.

그렇군. "왜 술을 끊었는가?"에 대답도 않고 죽어 버린 광기도 그런 생각을 하고 있었나. 그렇다고 해도 그것뿐. 이론의 학습만으로는 술을 끊을 수 없다. 술을 마시고 싶다는 것은 단지 구실이 아니라 몸이 현실적으로 갈망하는 욕구이기 때문이다. 의식 수준에서 이론 투쟁을 한 결과 승리했다 하더라도 실제로 편의점에 가서 소주를 사는 것도 그리고 마시는 것도 몸이다. 그러니 어쩌겠나.

이론 투쟁을 끝낸 후에는 그래, 마시고 싶다는 욕구와의 실질적인 투쟁이 기다리고 있다. 그것에 대해 말하는 것이 바로 '어떻게 끊었는가.'에 대한 답이다.

생각해 보면 최근 1년 정도 내 인생은 그러니까, 술을 마시고 싶다는 욕구와 치열하게 투쟁하는 매일의 연속이었다. 그렇담 그것으로 받는 상처와 고통은 부채가 아닌가. 나는 승리해서 잘난 척하는 표정을 지으며 의식의 저편으로 가 버린 금주의 광기(지금은 제정신인가)에게 물어보고 싶다.

육체의 발버둥을
제압하는 방법을 고민하다

얼마 전. 아자부주방*의 한 중화요릿집에서 매운 닭고기 요리
와 면을 먹고 있었는데 옆자리에 앉은 여자(술꾼인 듯 사오싱주**를
마시고 있었다)가 말을 걸어와서 대화를 나누게 되었다. 그녀는
내 글을 읽었던 독자로 지난번에 올린 금주의 광기에 관한 이
야기를 하며 자신은 다른 의견이라고 했다. 이런저런 이야기를
길게 했지만 요약하면 자신은 즐거워서 술을 마시고 있고 그

* 도쿄의 번화가
** 찹쌀을 발효시켜 만든 중국 사오싱 지방의 술

것에 고통은 눈곱만치도 동반하지 않는다, 따라서 당신의 의견은 납득이 안 된다는 내용이었다. 하긴 논의가 인생 전체로 확산되었기 때문에 좀 이해하기 힘들었을지도 모르므로 술에 한정해서 이야기를 다시 해두자.

이야기는 사실 단순하다.

술을 마시면 즐거우며 이 즐거움은 자산이다. 그러나 인생에는 즐거움만 있는 것이 아니라 그에 상응하는 고통이 반드시 수반된다. 이 고통이 바로 부채다. 술꾼들은 술에는 고통이 존재하지 않으며 즐거움뿐이라고 주장하지만 생명은 유한하고 생과 사는 세트라서 삶이 언젠가 죽음으로 청산되니, 즐거움만 있는 것이 아니며 반드시 반대쪽에는 고통이 있다.

그 고통의 내용은 다양하지만 비교적 알기 쉬운 것으로는 술독에 좀먹은 건강, 시간 낭비로 인해 발생하는 생산성 저하, 금전 소비, 술 취함으로 인한 착오, 판단 실수, 착오로 발생하는 주위 사람들과의 알력 등이 있다.

물론 이런 것들은 어떤 즐거움에도 항상 따라다니는 것으로 가족끼리 유원지나 행락지로 외출을 해도 즐거움과 더불어 금전과 시간의 소비가 따라온다. 외출했더니 도로가 복잡하고 차가 막히기라도 하면 몸의 피로도 현저해진다. 하지만 말이다, 그 일은 경험과 기억으로써 오래 남아 공유되며, 특히 아이의 경우 체험과 기억을 통해 정서와 인격이 형성된다. 쉰, 예순이 되어도 어릴 적 부모와 함께 외출한 해변의 풍경, 저녁노을의 색, 밥상 위의 문어회 등을 기억하고 있는 사람들이 많을 것이다. 즐거움과 고통은 조화를 이루며 더불어 살고 있다.

그런데 술은 그렇지 않다. 왜냐면 술이 주는 즐거움의 본질은 술에 취하는 것이고 그것은 몇 시간 만에 사라져 버리기 때문에 기억과 경험, 즉 인생의 자산으로 남지 않는다. 단지 위에서 말한 부채만이 남는다. 즉 즐거움과 고통이 조화되어 공존하는 것이 아니라 고통만이 남는다.

그래서는 곤란하다. 술꾼은 즐거움과 고통의 조화를 위해 다시 술을 마셔서 즐거움을 얻으려고 한다. 이미 고통스럽기에 일단 그것을 제로로 만들기 위해서 마신다. 그럼 제로가 되었으니까 끊느냐 하면 그렇게 되지는 않는다. 왜냐면 술은 원래가 즐거움을 추구하기 위해 마시기에 제로는 아무런 의미도 없다. 그래서 더 마신다. 이것을 숫자로 나타내면 지난번에는 5를 마시고 충분히 즐거웠지만 이번에는 -5에서 출발하기 때문에 5를 마시면 겨우 0, 거기에 5를 더 마셔야 겨우 지난번과 동일한 +5의 즐거움을 얻을 수 있다. 그러면 총 10을 마시는 셈이 된다. 지난번에는 5를 마셔서 +5의 즐거움을 얻을 수 있었는데 이번에는 10을 마셔야 +5의 즐거움을 얻을 수 있다. 그리고 그 즐거움은 다음 날 아침이 되면 사라지고 −10의 고통이 남으므로 다음에는 15를 마셔야 +5의 즐거움을 얻을 수 있다.

음주의 고통과 부채는 이렇게 커지고 얻을 수 있는 즐거움과 이익은 적어진다. 마셔도 예전처럼 즐겁지 않고 근래 갑자기 술이 엄청나게 늘었으며 연일 술을 마시는 꼴이 된다.

이 상태를 한 마디로 설명할 수 있다. 옛날 사람들은 "사람, 술을 마신다. 술, 술을 마신다. 술, 사람을 마신다."고 말했다. 그냥 단지 마시기 위해서 마시고 있는 셈이다.

알겠는가. 즐거움의 반대쪽에는 반드시 고통이 있다, '즐거움이 있으면 고통이 있고 고통이 있으면 즐거움이 있다.' '즐거움은 고통의 씨앗, 고통은 즐거움의 씨앗'이라는 원칙을 부정하고 아무 고통을 동반하지 않는 절대적인 즐거움이 이 세상에 존재한다고 주장하는 사람(실은 예의 그 중화요릿집에서 만난 여자 분은 마지막까지 그렇게 주장했다)에게는 이 말이 통하지 않는다. 그러므로 그런 분은 즐겁게 계속 술을 마시면 된다고 나는 생각한다. 왜냐면 남의 삶에 참견하는 것에는 취미가 없기 때문이다.

그래, 뭐 그렇다. 내 취미 따위 뭐 중요하겠느냐만 남의 취향을 꼬치꼬치 따지고 조사하는 것이 취미라고 말하는 사람은 사실 별로 없을 것이다. 그것보다 왜 술을 끊었냐는 문제를 정리해야겠다. 그런데 나도 모르겠다. 모르는데, 아마도, 미쳐서 그랬을 것이다. 내 속의 광기에 내 속의 제정신이 졌기 때문이다.

다음 문제는 어떻게 끊었는가(끊은 상태를 유지하고 있는가)인데. 술을 마시고 싶다는 제정신과 끊고 싶다는 광기가 늘 싸우고 있다. 그 싸움은 주로 이론 싸움이지만 최근 1년 정도는 광기가 우세하다. 이론의 핵심은 위에서 말한 '인생에 있어 고통과 즐거움의 균형론'이다.

그러나 말했듯이 아무리 완벽하게 이론을 정립했다 하더라도 육체가 그것을 무시하고 멋대로 행동하면 제아무리 탄탄한 이론이어도 막을 재간이 없다. 게다가 정신은 추락사했지만 육체는 아직 살아 있다(당연하다. 그러니까 숨 쉬고 있다).

"뭐가 균형론이냐. 나는 천성이 미모사 샐러드다. 죽을 때까지는 자색고구마의 백배나 되는 쓴맛이다. 그래서 마신다, 마신다고, 마신다아아아아아!"

몸이 이렇게 힘차게 선언해 버리면 이론, 아니 이론의 할아

버지가 와도 당해낼 수 없다. 그래서 걸신들린 듯 마시고 싶어 하는 욕구를 품은 내 속의 아귀를 달래면서 술을 마시지 않는 길고 긴 밤, 그야말로 번뇌에 시달리는 긴 밤을 어떻게 극복할지 그 방법을 생각해 보고자 한다.

이 육체의 발버둥은 어떻게도 못한다. 왜냐면 생존이라는 관점에서 꽤 이치에 맞는 부분도 있기 때문이다. 배가 고파서 죽을 것 같으면 육체가 밥을 먹으라고 말하고 그것에 따르기 때문에 굶어죽지 않고 사는 것이며 성적 충동이 있기 때문에 후손을 남기고 있다. 그렇기에 억제하기 어렵다.

몸의 욕구를 전면 금지시키면 멸망한다. 그러나 전면 해방하면 고통과 쾌락의 총량이 한없이 커진다. 술을 대표로 하는 쾌락 부문에 관해서는 위에서 애기했듯 오로지 고통만 커지다가 결국 파산하고 만다. 그럼에도 뇌는 쾌락 추구를 마다하지 않는다. 왜냐면 우리들의 머리는 그렇게 만들어져 있으니까.

종교란, 이러한 모순을 해결해 주기에 죽을 때 별로 고통스럽지 않게 적당히 마시고 적당히 먹고 적당히 쾌락과 아름다움을 추구하고 향유하며 살 수 있게 인도한다고 할 수 있다. 하지만 그 '적당히'는 소위 말하는 깨달음으로 그것이 가능한 사람은 잘 알고 있듯이 너무나 적다. 그만큼 어려운 과제라고 말해도 좋을 것이다.

그렇다고 육체 맘대로 하도록 내버려 둘 수는 없으니 어떻게든 의지를 단련시키고 의지로 하여금 술을 끊게 만드는 수밖에 없다.

이를 문민통제라고들 말한다. 무슨 말이냐면 육체라는 무력이 폭주해서 모략을 꾸민 끝에 정부의 뜻이 아닌 전쟁을 시작하거나 술집에 가서 사케 온더록과 마른 임연수어를 주문하지 않도록 사전에 문민, 즉 의지가 통제할 수 있도록 제도를 정비해 두는 것이다.

이것을 실천하는 건 의외로 쉽다.

어떻게 하면 되는가. 음주를 금지하고 있는 종교, 예를 들면 이슬람교 등을 믿으면 된다. 몰몬교도 술을 금지하고 있다고 한다. 그래서 술을 마신다는 일반적이고 일상적인 행위는 위대한 유일신을 배신하는 일이고 위대한 유일신이 "하지 말라."고 한 것을 거역하는 것이다. 위대한 유일신에게 싸움을 거는 셈이다. 물론 인간과 신이 싸운다는 건, 이른바 개미가 거대한 코끼리에게 싸움을 거는, 아니면 빈약한 체격의 펑크 로커가 영문 모를 환각제를 복용하고 쌍절곤을 휘두르며 "아뵤오!"라고 외치며 미국 육군 기갑사단으로 돌격하는 뭐 그런 격이다. 그러니 순식간에 그림자도 형태도 사라질 게 틀림없고, 그것이 두려워서 술을 끊는, 뭐 그런 모양새다.

그러나 여기에도 문제가 하나 있다. 뭐냐면 말이다, 신앙이 그리 녹록한 게 아니라는 것. 확실하게 말해서 술을 끊고 싶어서 믿는다는 그런 정도의, 어정쩡한 믿음으로 신앙을 유지하기란 불가능하다. 아니 신앙을 끝까지 지키려면 술만 끊으면 되는 게 아니라 그 외에도 지켜야 할 계율이 몇 가지나 되고 예배 형식의 기도와 헌금도 필요하다. 무엇보다 믿는다는 마음이 가장 우선이 되지 않으면 신앙은 성립하지 않는다.

그런데도 "아니, 나는 술만 끊으면 된다고요. 간음 같은 건 별생각 없이 그냥 합니다요."라고 말하면 신은 "넌 안 와도 돼. 아니, 오지 마."라며 아예 발도 못 붙이게 할 것이다. 그래, 그러니까 신에게 "일본국 헌법 제20조 모릅니까요? 신앙의 자유. 그딴 게 있다고요. 그래도 안 된다면 고소하겠습니다. 저 합니다 해요."라고 하면 신은? 그냥 아무 말도 하지 않는다. 왜냐면 그것은 법의 문제가 아니며 도덕의 문제조차도 안 되는 일개 개인의, 지극히 개인적인 마음의 문제이기 때문이다.

게다가 그 정도의 신앙심으로는 술을 끊지 못한다. 왜냐면 신앙심이 상당히 깊은 사람이라도 가끔은 신을 배신하고 절대로 해서는 안 되는 신상을 숭배하기도 한다. 하물며 술꾼이라면 "살짝 입만 축이는 정도야."라며 마시기 시작해서 "잘 알겠지만 그만두질 못하겠다고."로 이어질 게 눈에 훤히 보이기 때문이다.

자, 어떻게 하면 술을 끊을 수 있을까. 그리고 나는 어떻게 해서 술을 끊었는가. 우리들은 이제부터 점점 더 힘든 길을 가게 될 것이다.

금주모임의 연대감으로
술과의 인연을 끊을 수 있을까?

몸에 나쁘다. 인생의 채무가 초과된다. 이런 거 충분히 잘 알고 있는데도 끊을 수 없는 것이 술이다. 그런 술을 어떻게 끊으면 좋을까. 앞에서 술을 마시지 말라는 계율이 있는 종교로 귀의하는 플랜을 제시했지만 딱히 효과가 없다는 사실도 알았다. 왜냐면 종교의 목적은 금주가 아니라 더욱 근원적인 문제, 영혼의 구제이기 때문이다. 그렇다면?

소위 금주모임, 단주모임으로 불리는 단체에 가입해 보면 어떨까. 이곳에서는 영혼의 구제 같은 어려운 이야기는 하지 않고 오로지 금주와 단주를 목적으로 하고 있을 뿐이며 제각각 방법론도 있으므로 쉽게 목적을 달성할 수 있지 않을까 싶다.

금주모임의 가장 큰 특징은 회원 상호 간의 동료 의식, 연대 의식을 통해 술을 끊게 만드는 데 있다. 술을 끊겠다고 맹세하는 것은 종교와 비슷하지만 신에게 맹세하는 것이 아니라 회원들끼리 맹세하는 것이다.

이것은 우리 국민성에 상당히 걸맞은 방법으로 "다 같이 열심히 하는데 나만 낙오될 수 없다." "모두에게 민폐를 끼치고 싶지 않다."며 열심히 하게 될 수 있다.

이렇게 말하니까 중압감에 부담스러운게 아닌가 싶을 수도 있지만 모두가 모여서 마음속 고통을 서로 이야기할 수 있기에 오히려 마음이 한결 가벼워진다. 남의 고통을 듣는 것으로써 나만 괴로운 게 아니라는 사실을 알게 되어 고독이 완화된다. 따라서 더욱더 힘낼 수 있고 같은 처지의 사람들과 실없는 이야기나 세상 사는 이야기를 하며 잠시나마 고통을 잊을 수 있고 그 순간만은 술도 잊을 수 있다. 혼자 있으면 술 생각만 나는데 말이다!

이처럼 금주를 위해 모인, 이른바 금주에 특화된 구제 장치가 있는 금주모임에 들어가면 상당한 확률로 술을 끊을 수 있다.

그래야 하는데, 이래야 하는 건데, 죄송하지만 여기에도 나름의 문제점이 있다고 말할 수밖에 없다.

그게 뭐냐면 금주에 특화되어 있다는 것이다.

이렇게 말하면 "뭐라고요오오? 종교와 달리 금주에 특화되어 있어서 좋다고 했잖아. 입에 침도 마르기 전에 이번에는 금주에 특화되어 있어서 나쁘다고? 너 제정신이야? 정서불안이야? 에라이, 퉤퉤!"하고 말하는 사람이 나타날지도 모르지만, 오해다.

분명 술을 끊은 난 미쳤지만 지금 이 이야기는 빛이 있는 곳에는 반드시 그림자가 있다는, 지극히 당연한 말에 지나지 않는다.

무슨 뜻인가 하면 거기에 모인 사람들은 금주, 이 하나에만 집중해서 모인 사람들로 사정은 제각각이다. 남자도 있고 여자도 있다. 젊은이도 있고 나이든 이도 있다. 멀쩡한 일반인도 있고 조폭도 있을지도 모르고 극우도 있고 극좌도 있을지 모른다.

사람들은 저마다 생각도 인생관도 다르고 서로 용납할 수 없는 부분도 있다. 하지만 여기는 그런 것을 신경 쓰는 곳이 아니다. 금주라는 한 목적에만 특화된 장소이므로 시시콜콜한 신변잡기는 이야기하지 않고 오로지 술에 관한 이야기만 한다.

그렇다고 동료로서 같이 있다가 누군가가 술과 상관없는 이야기, 예를 들면 "라면과 볶음밥, 어느 쪽을 더 좋아합니까?" 같은 이야기를 할 때 "술과 상관없는 이야기는 하지 마라!"고 일축해 버릴 수 있을까?

물론 그런 일은 불가능하다. 아니, 그런 말을 하면 도리어 마음의 문을 닫은 사람으로 취급당해 고독감에 소외감까지 몰려오면서 그에 동반하는 외로움을 달래기 위해 술이 마시고 싶어진다. 그렇게 되면 무엇을 위해 가입했는지 의미가 없어지므로 "어느 쪽이냐 하면 내 경우에는 볶음밥입니다."라고 대답한다.

인간은 재미있는 게 그런 걸 계기로 친해지고 그러다 보면 표면적인 얘기뿐만 아니라 좀 더 깊은 이야기를 나누게 된다.

어떤 이야기냐 하면 "나는 오랫동안 경리일을 해 왔기 때문에 회계에 관해서는 일가견이 있지."라든가 "젊었을 때는 팽이치기와 플레이보이로 이름을 날렸어. 내 팽이치기 한 번 보겠나?"라든가 "아무한테도 말 안 했는데 나, 사람 죽인 적 있어. 칼이 몸으로 쑥 들어갈 때의 감촉, 이야, 지금도 이 손에 생생하게 남아 있지." 같은. 일단 이런저런 얘기가 나오기 시작하면 분위기가 슬슬 산으로 가기 시작한다.

그렇게 해서 금주라는 주제는 흐지부지되고 그 사람을 '인간적으로' 대해야 하기 때문에 일반적으로 말해 꽤 귀찮고 성가시다. 그런데 '동료'라서 더더욱 귀찮아진다. 잘못했다가는 다툼을 넘어 말싸움, 몸싸움으로 발전할 우려조차 있다.

일반사회에서는 귀찮고 성가신 일이 있으면 술을 마셔서 풀어 버린다는 인식이 확산되어 있어 음주가 깊은 논의를 하지 않기 위한 수법으로 애용되지만 금주모임에서는 그것도 할 수 없으니 상대방이 거치적거려도 피할 도리가 없다.

"제일 좋아하는 건 당연히 라면이지. 뭐가 볶음밥이야. 웃기지 마." 정도의 수준이라면 그나마 낫지만 이야기가 사상, 신조, 인생관, 종교관 등을 아우르게 되면 불구대천의 원수라고 할 정도로 반목하고 결국에는 "그래봤자 녀석은 경리. 개발자의 마음을 모르지."라든지, "팽이치기 따위 뭐가 재미있냐. 바보 아냐? 게다가 플레이보이라고? 아이고, 염병을 떨어요. 참 대단하십니다요."라든지, "살인자와 같은 취급을 당하고 싶지 않다." 같은 말을 하게 되고, 그렇게 되면 "동료의 신뢰와 우정을 배신할 수 없다."와 같은 메커니즘이 전혀 작용하지 않는다.

이 정도에 이르면 근원적인 부분이 사전에 공유되고 있는, 신앙의 우위성이 두드러지게 된다. 즉 일장일단이 있다, 이 말이다.

그러면 "아니아니, 그렇게 극단적인 사람은 오히려 적고 대부분은 라면과 볶음밥 수준에 머무릅니다."라고 말하는 사람도 있을 것이다. 그래, 그럴지도 모른다. 그렇다고 하더라고 또하나의 문제가 있다. 그것이 무엇인가 하면. 바로 조직이라는 것, 단체라는 것. 이는 직접적인 문제다.

말인 즉슨 조직과 단체에는 반드시 설립 목적이라는 것이 있다. 즉 '회전식 코털 제거기 보급협회'라면 말 그대로 회전식 코털 제거기의 보급을 목적으로 하며 '요시오카를 멸망시키는 모임'이라면 요시오카를 멸망시키는 것을 목적으로 한다. 그리고 회원들은 그 목적을 달성하기 위해 협력하고 활동한다.

그래야 맞는데, 본인들도 알아차리지 못하는 새 목적이 변질되어 버리는 일도 종종 있다.

어떻게 변하냐고? 코털 제거기의 보급이 다리털 제거기의 보급으로 변한다? 요시오카 멸망이 루미코의 근절로 바뀐다? 아니다. 그런 일은 없다. 그렇다면 무엇이 바뀌는가. 어떻게 바뀌는가. 목적은 변하지 않는다. 변하지 않지만 그것은 저 멀리 있는 목표가 되어 버리고, 일단 조직 유지가 최대 목적이 되어 버린다.

이것이 바로 조직과 단체가 운명적으로 안고 있는 케케묵은 고질병이다. 그 결과, 어떤 일이 일어나느냐 하면 당초의 설립 목적은 '먼 목표', 조직이 존재하기 위해 다 같이 주장하는 '테마' 같은 것이 되어 목적을 달성하려고 현실적인 노력을 하는 자는 "그런 일을 하면 조직이 망한다." "이상과 현실을 뒤섞지 마라."라고 비판 받는다.

간단히 말하면 거기에서 정치라는 것이 생겨난다. 이 말은 지도자와 그를 둘러싸고 있는 민중들이라는 구도가 성립되어 인사와 예산을 둘러싸고 복잡한 다툼이 발생하고 대부분의 사람들이 혀를 내두르는 사태가 일어난다는 말이다. 그렇게 되면 반드시 조직의 의지와 개인의 생각이 대립각을 세운다.

예를 들어 '모두가 행복해지는 모임'이 있다고 치자. 모임의 설립 목적은 모두가 행복해지는 것. 그러나 위에서 말했듯이 모임의 존속 그 자체가 목적이 되어 모임은 발전하는데 일반 회원들은 시간이 아무리 지나도 행복해지지 않는다. 이에 대해 "이상한 거 아니냐."고 말한들 들어 주지 않는다. 오히려 "너는 방해가 된다. 네가 있으면 모두가 행복해지지 않는다. 나가라."는 말을 듣는다. "나 역시 행복해지고 싶은 사람들 중 한 명이다."라고 항의해도 "시끄러. 방해가 될 뿐이다. 민주주의의 규칙에 따라라." 같은 말을 듣고 쫓겨나는 사람들이 하나둘 생기게 된다.

그런 이유로 모든 조직은 비슷한 문제를 내포하고 있다. 비교적 온건한 조직이든, 금주모임이든, 예외는 없다. 모임의 지도자냐 일반회원이냐에 따라 모임에 대한 생각이 절로 달라지며 어떨 때는 알력이 생기기도 한다.

그러면 어떻게 될까. 마음이 흔들린다. 우울해진다. 마음이 우울해지면, "으아아악! 우울하다. 이럴 때 그래, 맘껏 다림질이나 하자!"라며 다림질을 하다가 "우오오옷, 펴진다. 주름이, 마구마구 펴진다아아아!" 하고 절규하는 사람이 있을까? 우울을 버린 곳, 술. 술을 마시고 싶어진다. 이래서는 모든 것이 다 헛방이다.

생각해 보건대 술꾼이란 원래 개인에 의해 몰락하는 성질을 가진다. 왜 그렇게 되냐면 마시는 술의 맛은 자신만 알 뿐, 술자리를 함께한다고 해도 취하는 사람도 있고 안 그런 사람도 있고 취하는 모양새도 제각각이다. 에고이스트라는 말은 지나칠 수도 있지만 고독, 인간 혐오, 세상을 버리는 마음, 은자의 심정이 아마도 술꾼에게는 있는 것 같다는 생각을 해본다.

그래. 교단에 들어가고 금주모임에 가입하는 등 타인에 의해 자신의 마음을 속박당하는 것이 아니라 어디까지나 자신의 힘으로 마시고 싶다는 육체의 몸부림을 옭아매야 한다. 반대로 말하면 술의 멍에를 끊는 것이 필요하다.

그런데 그렇게 할 수 있는 힘은 어디에서 얻지?

미친 듯이 술이 고픈 육체의
발버둥을 육체로 제압한다

최근 약 한 달 동안, 오리쿠치 시노부*의 책을 읽고 있다.

이렇게 말하면 사람들은 틀림없이 "왜? 그런 걸 갑자기 왜 읽어? 이유가 뭐야?"라고 물을 것이다. 흡사 "뭐야. 왜 술을 끊은 거야!"라는 듯이.

그래서 나는 질문에 솔직하게 "그냥." 하고 대답한다. 약속이 없는 어느 날 오후, 별생각 없이 책장을 쳐다보다가 손에 든 것이 《오리쿠치 시노부 전집 12권》으로 첫 몇 줄에 끌려서 읽

---

* 折口信夫, 1887~1953, 일본의 민속학자이자 국어학자

다가 그만 심취해서 손에 계속 잡고 있다.

이 책은 내가 스물한 살 때 도쿄 다카다노바바의 빅 박스라는 빌딩 일 층에서 열린 헌책 시장에서 샀다. 집으로 돌아오는 길에 읽어 보긴 했지만 단 한 줄도 이해할 수 없었다. 그래도 그 후 삼십 몇 년 동안 이사할 때마다 데리고 다녔다. 그런데도 단 한 번도 펼쳐 보지 않았다.

이렇게 말하면 "뭐야. 30년이나 읽지 않은 책을 왜 이제 와서 읽는데?"라고 묻는 사람이 당연히 있기 때문에 솔직하게 대답한다. "술을 끊어서."

술을 마시던 30년은 인생의 모든 것이 술을 중심으로 돌고 있었으며 가능한 빨리 후회의 우울감을 없애고 거리낌 없이 맛난 술을 마시고 싶었다. 그러려면 한시라도 빨리 업무와 채무를 끝내야 했으므로 잠깐이라도 시간이 나면 업무나 자잘한 일을 해치웠다. 눈앞에 닥친 일과 전혀 상관이 없는, 어려운 책을 집어 들고 이해가 안 되는 부분이 있으면 잠시 멈춰 서거나 다시 돌아가서 생각하고 이해하면서 천천히 읽어 나가는 뭐 이런 것은 지금껏 할 수 없었다.

물론 똑똑한 사람이라면 술을 마시느라 시간이 없어도 금방 이해할 수 있을 것이다. 하지만 나처럼 머리 나쁜 사람에게는 그런 사정이 있었다는 말이다. 그리해서 30년간 읽지 않았던 《오리쿠치 시노부 전집 12권》을 읽게 되었다.

일단 술의 멍에를 내려놓기 위해서, 술을 마시고자 하는 육체의 발버둥을(사람에 따라 다르지만) 다른 힘, 집단의 힘으로 묶어두기는 어려우니 자신의 내적 힘으로 제어하는 것이 좋다는 이야기를 계속해 보자.

하지만 솔직히 만만치 않다. 다양한 사정들이 얽히고설켜 있으니까.

희대의 석학이라 일컬어지는 야나기타 쿠니오*, 일본인의 가능성에 정점을 찍은 미나카타 쿠마구스**가 삼라만상은 무수한 원인과 결과가 상호 영향을 주고받으며 성립되고 모든 것이 서로 통하고 있으며 개인의 정신과 바깥 세계도 실은 모조리 연결되어 있다고 했다. 그렇다면 내가 말하는 내적인 힘이란 하나의 심플한 힘이 아니라 서로 싸우고 있는 다양한 힘이나 생각의 이치를 따라가다 대우주로 통하는, 무수한 인과관계에 놓여 있다는 말이 된다.

* 柳田國男, 1875~1962, 일본의 민속학자
** 南方熊楠, 1867~1941, 일본의 생물학자

미나카타 쿠마구스가 아닌 나로서는 그것을 전부 설명하기 어렵다. 보통 사람들은 그러한 것을 직감적으로 알며 그냥 어쩌다 보니까, 라고 설명한다.

그렇기 때문에 그냥 어쩌다 보니까 출가하게 된 사람도 있을 것이고 "왜 저런 사람과 결혼했어?" "그냥 어쩌다 보니까." 라는 대화도 성립될 것이고 그냥 어쩌다 보니까 자살하는 사람도 있을 것이다.

그, '그냥 어쩌다 보니까' 쪽에 서서 인간을 보는 것이 문학이며 그 문학에 대해서 뭐든지 "왜냐?"라고 애처럼 소리소리 질러서 조잡한 대답을 얻고, 그로써 납득하고자 하는 것은 참으로 어리석은 짓이다.

오호호, 말이 그렇기는 한데, 그러니까 이 정도로 육체의 발버둥을 제압하는 끈이 복잡하고 느슨하고 전혀 효과가 없는 것처럼 보이지만 실은 중요한 역할을 하기도 하고, 얼핏 보기에는 끈으로 보이지 않지만 실은 강하게 묶여 있는, 뭐 그런 경우도 있다. 또 그들의 힘의 총합으로 술을 마시고 싶다는 육체의 발버둥을 진압할 수 있는 힘이 생기므로 간단하게 "이렇게 묶으면 된다."고 설명할 수 있는 것이 아니다.

그러나 미나카다 선생은 그것을 끈기 있게 하나하나 설명하면 설명을 전부 다 할 수 없는 건 아니라고 말했다. 그래서 내가 한번 해 보고 싶다. 혹은 실제로는 해 보지 않았지만 이렇게 하면 좋지 않을까 생각한 속박 방법을 하나씩 들어 보자.

먼저 내가 생각한 것은 육체는 육체로 상대하는 방법이다.

다시 생각해 보면 정말 옳은 말로 무력에 의한 공격에는 무력으로 대항할 수밖에 없다. 외교적 노력이 필요하며 대화로 해결해야 한다는 의견도 있지만 그것도 어느 단계까지만 가능한 이야기다. 상대방이 코앞까지 몰려오는데 그렇게 느긋한 말로 어쩌고 하는 건 어불성설이며 결국은 힘으로 대항하는 수밖에 없다.

육체는 힘을 행사해서 마시러 간다. 구체적으로 말하면 발을 사용해 걸어서 술집에 가고 손을 사용해서 잔을 들고 입과 목으로 마시면 사상은 이것을 제압할 수 없다. 아니 제압은 무슨, 마시자마자 정신이 도리어 육체에게 순식간에 제압당해 "크으으으, 끝내준다!"라고 말해 버린다.

그러므로 육체로 저지한다. 그래, 정확하게 말해서, 폭력을 사용해서 잔에 입을 대는 순간 때린다 → 발로 찬다 → 멱살을 잡고 쓰러뜨린다 → 위에 올라타서 격렬하게 흔든다 → 후두부를 바닥에 내리친다 → 기절시킨다 → 물리적으로 술을 못

먹게 만든다. 뭐, 이런 방법이다.

　이렇게 되면 무슨 짓을 해도 술을 마실 수 없게 되니 거의 완벽한 방법이라고 할 수 있지만 딱 하나 결점이라면 내가 나를 때릴 수 없다는 것이다. 반대로 보통 사람을 뛰어넘은 자제심으로 때렸다고 해도 옳다구나 하며 내가 내 멱살을 잡아서 쓰러뜨리지 못한다. 혹은 보통 사람의 수준을 뛰어넘는 운동신경으로 쓰러뜨린다고 해도 영문 모를 팬터마임이 될 수밖에 없다는 것이 치명적인 결점이다.

　남에게 부탁해서 대신 때려달라고 하는 방법도 없지는 않다. 그런데 친구를 육체적으로 아프게 하는 것은 심리적 저항감이 크기 때문에 아무리 친구라 하더라도, 아니 자신의 분신이라고 할 정도로 막역한 사이가 아닌 이상 이 제안을 받아들일 리가 없으며 인간관계가 넓고 얕아지는 경향이 있는 요즘, 그렇게까지 해 줄 절친이 없는 사람이 많지 않을까.

　그렇다면 가족에게 부탁해야 하는데, 그래 가능이야 하겠지만 그렇게 되면 남자가 여자를 때린다, 여자가 남자를 때린다, 노인이 젊은이를 때린다, 젊은이가 노인을 때린다와 같은 일이 벌어진다. 어쨌든 간에 구체적인 문제가 툭툭 불거지므로 이 또한 실현하기 어렵다.

그래서 나온 것이 바로 무폭력으로도 가능하다는 논의다. 생각해 보면 금방 알겠지만 말 그대로다. 술만 마시지 않으면 되는 거니까, 그 목적만 달성할 수 있다면 상대방의(아니면 자신의) 피해는 작을수록 좋다.

적국이 미사일을 쏘지 않으면 되는 것이니 나라 전체를 불바다로 만들 필요 없이 미사일 기지만을 파괴하면 된다는 논리다.

그래서 어떻게 하느냐고 묻는다면 일단 누군가에게 손발을 묶어 달라고 부탁하면 된다. 그러면 걸을 수 없으니 마시러 갈 수 없고 폭력에 반대하는 사람도 "뭐, 묶는 것 정도는…."이라고 흔쾌히 해 주는 경우가 많을 것이다.

그러나 여기에도 문제점이 없지는 않다. 가장 큰 문제는, 제압되어서 움직일 수 없게 되면 점점 화가 치밀어 오른다는 것이다. 참으로 기이하다. 제압해 달라고 본인이 부탁했다. 그런데도 화가 치밀어 오르다니 이상하지 않은가, 모순 아닌가, 누구나 그렇게 생각한다.

그러나 인간은 몸속에 이런 모순을 내포하고 있다. 예를 들면 이렇다. 나는 때때로 대금 지불 택배가 도착했을 때 배달하는 젊은이가 너무 미안하다는 듯 "죄, 죄송합니다. 대금 지불입니다."라고 말하며 필요 이상으로 죄송스러워하는 상황에 직면한다. 그래서 어느 날 "왜 그렇게 죄송스러워합니까?"라고 묻자 의외의 대답이 돌아왔다.

대금 지불이라고 말하는 순간, "뭔 개소리야! 돈 뜯어갈 생각이지!"라며 미친 듯이 화를 내는 손님이 있다는 것이다. 본인이 대금 지불로 주문을 했으면서, 게다가 그 돈이 배달하는 젊은이의 지갑으로 들어가는 게 아닌데도 불같이 화를 내다니 이중삼중으로 이상하다. 하지만 그런 사람이 일정 수 있으며 설사 불같이 화를 내지는 않더라도 극도의 우울한 상태가 되면서 기분 나빠하는 사람까지 포함하면 상당한 비율이라고 한다.

이 일례에서 알 수 있듯 인간은 자신의 의사로 한 것에도 자주 화를 낸다는 모순이 있다. 그래 인간은 그 모순을 근원적으로 몸속에 품고 있는 생물로 술은 이 모순, 이 차이를 메우기 위해서 존재하는지도 모른다.

자신의 의사로 마신 술 때문에 다음날 숙취로 고생한다는 모순에 다시금 봉착한다. 그러므로 몸을 속박해 움직일 수 없게 만들어 술을 마시지 못하게 하는 것은 그다지 효과적이지 않다.

꿈쩍도 못해 혼자서는 물도 마실 수 없고 소변도 못 보는 상황에서는 스스로 원해서 해 달라고 했다는 것을 잊을 리 없지만, 알고 이해하면서도 동시에, "시, 시발. 다들 즐겁게 사는데 왜 나만, 나 혼자만 이렇게 괴롭고 비참해야 하는 거냐고!"라고 생각한다. 이렇게 고통스러우니까 자유롭게 되었을 때는 맘껏 술을 마실 거라고 속으로 굳게 다짐하고 실제로 실행에 옮기는 바람에 결과적으로는 역효과다. 아무것도 하지 않는 편이 외려 적은 술로 만족감을 느낄 수도 있을 법 하다는 얘기다.

그런데 말이다, 전혀 엉뚱한 원한을, 즉 본인이 직접 주문한 택배가 도착했을 때 배달하는 사람을 원망하는 것과 비슷한 원한을 품어 버릴 가능성도 있다. 물론 전혀 논리적이지 않지만, 실은 다양한 논리 기반에는 진리와 실상을 남+하고 싶다는 거대한 감정이 있으므로 원한을 기반으로 한 논리를 구축하는 것 또한 인간의 특기라고 할 수 있다. 그래서 "내가 꼭 묶으라고 부탁했지, 안다. 아무리 그래도 그렇게 하면 내가 고통스러워할 거라는 거 뻔히 알 텐데 설마 묶을 수 있겠나 싶었는데 이렇게 꼭 묶었다는 건 마음속 깊은 곳에 나를 원망하는 마음이, 한번 당해 보라는 억하심정이 있는 거 아냐? 시발. 좆같다. 죽여버리겠어."라는 망상에 사로잡히게 되고 더 나아가 인간으로서 할 짓이 못되지만 그래도 도와준다는 마음 하나로

돕겠다고 나선 고마운 사람과의 관계를 스스로 파괴하고 그런 이유로 주위 사람들로부터 고립되어 고독감과 마음의 갈증을 달래기 위해서 술 지옥에 빠진다.

이 방법도 일장일단이 있다는 점을 알았다. 금주라는 만다라의 귀퉁이에 한 발 걸쳐놓고 다른 방법에 대해서도 생각해 보자.

금주를 위한 약은
고통만을 준다

술을 끊는 방법은 무엇일까. 뇌와 육체가 술을 너무나 원하는 저녁, 이것을 구체적으로 어떻게 멈추게 만들까. 의지가 쉽게 무너져서 끊고 싶은 마음은 있지만 도무지 끊을 수 없을 때 어떻게 하면 끊을 수 있을까.

신앙, 금주모임, 폭력. 이 순서대로 살펴봤지만 모두 딱 맞아떨어지지 않았다. 이럴 때 움베르토 에코라면 어떻게 했을까. 존 덜레스* 국무장관이라면 뭐라고 할까. 아니, 외국인에게만

* John Foster Dulles, 1888~1959, 미국의 정치가

조언을 얻어서 어쩌겠나. 역시 모토오리 노리나가*에게 물어 보자, 요시다 쇼인** 선생이라면 뭐라고 말씀하실까. 이런 것을 생각지 않으면 아무리 시간이 흘러도 양인들로는 역부족이지, 그렇지, 다들? 그렇지?

이런 식으로 어수선함을 가장해 술을 마시러 가자고 한다거나, 뭐 그런 임시변통 술책까지 쓰는 것이 술의 노예가 된 육체의 무서움이다. 나는 잘 알고 있다.

술이란 도대체 무엇인가. 흐음, 음료지만 신체에 영향을 미치는 약물로서의 역할도 가능하다. 그렇다면 독을 독으로 제압하듯 다른 약물로 술을 마시고 싶다는 욕구를 억제할 수 있지 않을까.

여기까지 생각했을 때 떠오르는 것이 그래, 술을 싫어하게끔 만드는 금주약이다.

"왜냐, 왜 그런 것이 가능하냐!" 라고 애처럼 마구 소리쳐대는 자신의 목소리에 스스로 답해 보자면, 인생 균형론에서 말했듯이 만사가 균형적으로 성립되어 있으니 좋은 일이 있으면

---

* 本居宣長, 1730~1801, 일본의 의사이자 고전연구학자
** 吉田松陰, 1830~1859, 일본의 무사이자 사상가

반드시 그 반대쪽에 나쁜 일도 있다.

술을 마셔서 기분이 좋아지면 그 반대쪽에는 추한 주사와 숙취라는 것이 있다. 이것도 균형을 맞추고 있어서 엄청 마셔서 기분이 끝내주게 좋아지면 엄청난 주사를 부리고 곧 죽을 것 같은 숙취, 즉 두통, 구토, 권태감, 전신 불쾌감에 시달린다. 그 정도로 마시지 않고 그렇게 즐겁지 않았다면 이 정도까지 고통스럽지 않다. 약간 남아 있나 싶은 정도로 지나간다.

금주약은 이 균형을 파괴하는 약으로 방심해서 맥주 한 잔을 마셨을 뿐인데도 1차로 와인을 두 병 마신 후 이탈리아의 그라파를 13잔 마신 뒤에 2차로 이동해서 오키나와의 독술을 온더록으로 6잔 마신 만큼의 주사와 고통에 시달린다.

이렇게 손해 보는 일이 어디 있냐고 하겠지만 실제로 존재한다. 우리는 기분이 좋아지니까, 즐거우니까 숙취로 고생한다는 걸 뻔히 알면서도 술을 마신 다음 날 찾아오는 숙취를 견뎌낸다.

그런데 전혀 즐겁지도 않고 단지 고통만 있다니! 도저히 납득할 수 없지만. 그렇게 된다.

왜 그런 일이 가능한가. 바로 금주약 때문이다.

먼저 멀쩡한 상태부터 설명하면, 예를 들어 뇌를 아버지라고 가정하자. 이 뇌가 룸살롱에 빠져서 빚까지 지게 된다. 그대로 두다가는 집이 풍비박산 날 것 같으니까 뇌의 장남인 간이 필사적으로 아르바이트를 해서 빚을 갚는다. 집은 풍비박산을 면했지만 아들인 간은 고통스럽고 가장인 뇌는 고통은커녕 그 후로도 줄기차게 룸살롱을 드나든다.

그런데 금주약을 복용하면 간이 "왠지 모든 게 싫어졌다."라며 아르바이트를 안 간다. 그러면 어떻게 될까. 당연히 장본인인 뇌에게 감당이 안 되는 금액이 버젓이 적힌 청구서가 배달된다. 뇌는 모른 척하지만 빚쟁이들이 워낙 들들 볶아서 어쩔 수 없이 가구 운반, 잡초 뽑기, 선원 보조 등 힘든 아르바이트를 한다. 하지만 청구서 금액이 원체 커서 세월이 아무리 흘러도 빚은 줄지 않고 고통은 끝날 기미가 보이지 않는다. 뇌는 "한순간의 쾌락을 위해 이렇게 고생을 한다면 두 번 다시 룸살롱에는 안 간다. 말도 안 되게 손해다."라는 생각을 하게 된다. 혹시라도 다음에 또 가면 자리에 안내되어 아가씨가 오기 전에 돈을 내라는 말을 듣고 못 내면 이쪽으로 오라는 소리에 따라갔다가 가게 안쪽에, 무슨 조화인지 모르지만 논이 끝없이 펼쳐져 있고 그 논에서 100년 동안 땡볕에서 허리도 못 펴고 일을 계속 하게 될 것이다.

그렇게 되면 당연하지만 뇌는 두 번 다시, 절대로, 어떤 일이 있어도 룸살롱에는 안 간다. 왜냐고? 괴로운 일만 기다리고 있으니까.

예를 들어 말하자면 금주약은 이런 작용을 뇌를 포함한 몸 전체에 일으킨다.

지금 들린다. 목소리가. 군중의 목소리가. 군중이 이렇게 말하고 있다.

"그거 좋은데."

하지만 나는 금주약만으로 술을 끊을 수 있다고 생각하지 않으며 나 자신도 금주약을 복용하지 않았다. 왜냐고?

금주약 복용은 도대체 누구의 의지로, 누구의 명령으로 복용하는 것인지가 중요하다. 물론 실행 부대는 손이며, 손가락이며, 입이다. 혹은 목일지도 모른다.

관련된 모두가 일치단결해서 금주약을 복용해야 한다. 하지만 전원이 모여 회의를 열어 금주약을 마시자고 결정하는 것이 아니라, 아니 관련된 모든 멤버들은 사전에 인사조차 나누지 않았다. 그럼 누가 결정했느냐. 다름 아닌 뇌, 본인이다. 뇌가 "이 상태가 계속되면 간이 불쌍하니까 금주약을 먹자."고 마음을 먹지 않는 한 아무것도 결정할 수 없다.

그런 의미에서는 몸은 끔찍할 정도로 전체주의 국가이며 뇌에 의한 독재정권이다.

그러므로 앞에서 봤듯이 관념, 정신은 몸을 이길 수 없다. 몸은 뇌에 지배된다. 신체 중에서 강한 순서를 따져 보면 뇌 → 뇌 이외의 몸의 각 기관 → 관념, 정신의 순서가 된다. 그리고 물론 관념, 정신은 뇌가 만들어 내는 환상과 같은 것이므로 뇌가 적당히 주물럭거려서 만들어 낼 수 있다. 그래서 신앙은 금주에 실패했다.

그렇다면 뇌는, 어째서, 일부러 밭일을 하고 선원 보조 같은 힘든 일을 해야 하는 약을 복용하려고 할까.

사실 복용하지 않고 "간에게는 미안하지만 내가 원하는 쪽으로 하겠다."며, 술을 맛있게 마시기 위해 약을 복용하지 않는 일도 참으로 쉽게 실현된다.

내가 금주약이라는 말을 알게 된 것은 노사카 아키유키*와, 나카지마 라모**의 대담에서지만 적어도 나카지마 라모는 금주약을 적극적으로 복용하지는 않았다고 본다.

---

* 野坂昭如, 1930~2015, 일본의 가수 겸 탤런트
** 中島らも, 1952~2004, 일본의 소설가이자 극작가

이제부터 얘기하겠지만 정상적인 애주가라면 금주약을 스스로 복용하겠다고 마음먹는 일 따위는 없으므로 금주약은 가끔만 효과적이고 대부분 실패하니 어차피 보조적인 역할을 하는 데 그친다고 말할 수 있다.

잠깐, 보조라고 하니까 어떤 단어가 떠오른다. 가족의 정. 그래, 인간은 혼자서는 아무것도 할 수 없다. 어차피 고독을 견딜 수 없는 생물이다. 그래서 가족을 만든다. 그렇게 가족이 점점 우울해져서 그 우울함으로부터 벗어나기 위해 술을 마신다.

"결국은 마시냐?"라고 하겠지만 가족이 일종의 브레이크라고 해야 할까, 가족이 있어서 심한 짓을 안 하는 것 또한 사실이다.

우리들은 이미 누군가에게 육체를 속박당하게끔 만들어 술을 끊는다는 것이 어렵다는 점은 확인했다.

그러나 다시 한번 생각해 보자. 그것이 타인이 아니라 가족이라면 어떨까.

그래, 폭력적인 요소가 가미되어 있다면 가족이라도 어렵겠지만 약이라면 어떨까.

시끄럽게 몇 번이고 계속해서 집요하게 "약을 먹어라."라고 말해서 "이렇게 귀 따갑게 잔소리를 듣는 것보다 약을 먹는 편이 낫겠다."는 지점까지 밀어붙이는 이가 가족이라면? 가능할 것 같다.

이것은 어디까지나 내 개인적인 의견이지만 특히 여성이 이 역할을 잘하는 것 같다. 내가 알고 있는 한 남자는 게으름뱅이로 부지런히 일해서 돈을 버는 것 외의 일에는 젬병이다. 대부분의 일은 한다, 법도 약간 어길지도 모른다, 자신감도 없다. 부인이 정직원인 것에 안심하고 좋아하는 것만 추구하면서 아르바이트를 하며 살았다. 그런 녀석이, 미래의 수입을 예상하고 돈을 빌려 집을 구입하는 게 정말 싫었음에도, 집을 너무 갖고 싶었던 부인이 드문드문 해 오는 끈적끈적한 공격에 정신이 혼미해져 그만 장기주택대출을 받아 집을 사 버렸다. 제정신으로는 도저히 생각할 수 없는 행동을 해버리고 말았다.

그렇지! 여성이 이런 일을 잘한다고 할 수 있는 좋은 예다.

그런 이유로 가족, 특히 아내에게 "내가 금주약을 빼 먹지 않고 복용하도록 도와주지 않겠어?"라고 부탁하는 것은 효과적인 방법이라고 할 수 있지 않을까.

그럴지도 모르지만 문제가 하나 떠오른다.

아니, 문제라기보다, 문제임과 동시에 금주 수단의 하나로

이 또한 상당히 중대한 선택, 결단이라고도 말할 수 있다.

뭐냐고? 금주 선언이다. 주위 사람들에게 금주를 선언할 것인지, 말 것인지, 이것이 문제로다.

왜 이것이 금주의 방법이자 동시에 금주의 행방을 좌우하는 중대한 선택이냐면 주위 사람들에게 선언하는 것은 금주를 까발린다는 것, 즉 공적인 약속, 공약이 되어 버리기 때문이다.

뭘 그렇게 과장되게 말하느냐 싶겠지. 그리고 그런 거 처음부터 염두에 두고 있었다고 할 것이다. 하지만 솔직히 금주에 있어서 이것은 그리 단순한 문제가 아니다.

금주 선언으로
배수의 진을 친다!

세상에는 다양한 선언이 있다. 요즘 사람들은 잘 모를 수 있지만 내 경우 어린 시절 학교에서 쇼와 천황의 인간 선언에 대해서 배웠다. 제2차 세계대전 후, 그 전까지는 인간의 모습으로 현세에 내려온 신으로 모셔지던 천황이 사실은 신화, 전설일 뿐이다… 라는 의미의 조칙을 발표했다. 이것이 인간 선언이다.

인간 선언이 발표되기 전에 미·중·영 3국이 발표한 공동 선언이 있었다. 세상 사람들이 말하는 포츠담 선언이다.

작가인 쓰쓰이 야스타카는 옛날에 언론 탄압에 저항하는 의미로 절필 선언을 했다.

마찬가지로 작가이자 나가노현 지사를 역임한 다나카 야스오는 쓸데없는 공공사업을 줄인다는 의미로 댐 포기 선언을 했다.

모두 자신의 생각과 의견, 향후의 방침을 널리 알리기 위해 발표한 것이다.

이 말을 들으면 왕이나 정치가, 저명한 작가가 아니면 선언을 할 수 없는 것처럼 보이지만 그런 건 아니고 선언은 누구나 가능하다. 선언에 필요한 자격이나 조건은 딱히 없으며 공탁금이나 보험금 따위도 필요 없다.

지금 이 순간에도 많은 국민들이 다양한 선언을 하고 있다.

다이이드 선언, 내일부터 일을 하겠다는 선언 또는 내일부터 일을 그만두겠다는 선언, 택지·건물 계약 선언, 올해 안에 결혼하겠다는 선언, 올해 안에 남자친구를 만들겠다는 선언, 파친코를 그만두겠다는 선언, 아파트를 마련하겠다는 선언… 등등 그야말로 다양한 선언이 여기저기서 발표되고 있다.

그중에는 물론 금주 선언도 포함되어 있다.

그러나 금주 선언을 직접 들었다는 사람은 의외로 적지 않을까 싶다. 나 역시 금주 선언을 들어 본 적이 없다.

그 이유는 금주 선언을 하는 사람이 애주가, 술꾼이기 때문이라고 생각한다. 도대체 무슨 당연한 말을 하느냐고 할지도 모르지만 이 점은 사실 의외로 심각한 문제다. 술꾼에게 있어서 술을 마시는가 안 마시는가 혹은 마실 수 있는가 그렇지 않은가는 인생을 좌우하는, 이른바 사활이 걸린 문제라 어떤 상황에 처하더라도 술을 마시려고 다양한 각도에서 꼼수를 생각하고 궁리를 짜낸다.

그런데 금주 선언을 해 버리면 궁리고 나발이고 술을 아예 마실 수 없게 된다. 그러니 처음부터 그런 바보 같은 선언을 하지 않는 편이 낫다고 생각하므로 술꾼이나 주당은 쉽게 금주 선언을 하지 않는다.

그런데 말이다. 술꾼도 어떨 때는 명쾌한 혹은 불명쾌한 다양한 이유로 술을 그만 마셔야겠다고 심각하게 생각한다. 그럴 때 술꾼은 어떻게 하느냐 하면 금주 선언보다 한 단계 아래인 절주 선언을 한다.

절주는 임팩트가 작고 다이어트 선언과 동일한 정도의 무게감밖에 없다. 그러므로 선언하고 맹세하면 효력이야 생기겠지만 선언한 장본인도, 그것을 들은 세상도, 다들 망각해 버리기 때문에 모든 것은 이전으로 돌아간다.

그래서 하는 애긴데, 그래, 금주 선언이 그 정도로 무게감이 있다면 역시 하는 편이 좋지 않을까? 배수의 진, 더 이상 물러날 곳이 없으며 변명할 수 없는 뭐 그런 느낌이라고 할까. 더 이상 물러날 곳이 없는 지점까지 자신을 몰아붙여야 비로소 사람은 큰일을 달성할 수 있다고. 한 술 떠본다.

사리에는 맞지만 결론부터 말하면 나는 안 하는 편이 낫다고 생각한다. 말인즉슨 인간을 살펴보면 꽤 성실한 사람과 비교적 불성실한 사람이 있는데 이 선언은 양쪽 모두에게서 좋은 결과를 초래하지 않는다고 보기 때문이다.

무슨 말이냐고? 먼저 불성실한 사람에 대해서 생각해 보자. 불성실한 사람이라 할지라도 술꾼이라면 술을 마신다와 안 마신다는 인생의 중차대한 사항은 심각하게 생각할 수밖에 없으며 설령 승려라 할지라도 금주 선언은 부담스럽고 배수의 진을 친 것이나 진배없다.

그러나 강이라고 해도 종류가 다양하며 성실한 사람의 등 뒤로는 큰 강이 도도하게 흐르지만 불성실한 사람의 등 뒤에는 좁은 강이 흐르거나 심할 경우에는 잘 정비된 도시 공원의 '졸졸 흐르는 시냇물' 같은 하천이 흐르고 한쪽에서 세 살쯤으로 보이는 아이가 즐겁게 물놀이를 하고 있는 광경도 연상된다.

그러므로 물러서다가 물에 빠진다고 해도 생명에 별 지장이 없다. "그래도 배수의 진은 배수의 진이다."라고 입을 삐죽거리며 말하는 사람은 불성실한 사람으로 이런 사람에게는 선언이 대체로 별 의미가 없다. 본인에게는 무게감이 있을지 몰라도 사회적으로는 전혀 의미가 없다.

아아아, 혹시 몰라서 미리 말해 두지만 불성실한 사람 또는 껄렁거리는 녀석이 재미있는 사람과 같은 뜻이 아니다. 내가 아는 한 오히려 반대로 재미있는 사람은 모두 성실하다. 아니 엄청나게 성실한 사람들이 많으며 불성실한 사람은 재미도 없을뿐더러 주위 사람들을 불쾌하게 만들거나 민폐를 끼치는 경우가 많다.

그런 이유로 불성실한 사람이 금주를 선언하는 것은 큰 의미가 없으며 하건 안 하건 결과는 같다.

한편 성실한 사람은 어떤가, 나름 심각하다. 성실한 사람은 성실하기 때문에 무슨 일이든 어떤 일이든 약속한 것은 반드시 지켜야 한다고 착각하고 그러려고 노력까지 한다. 예를 들면 "저녁까지 흙 포대를 1,000개 옮겨라."라는 지시를 받으면 어떻게든 다 끝내려고 한다.

그런데 흙 포대는 1개에 약 70kg 정도로 이것을 1,000개나 옮기는 건 아무리 생각해도 불가능하다. 그래서 지시를 한 쪽도 진짜로 1,000개를 옮길 것이라고는 생각하지 않고 그냥 목표를 높게 설정해 두는 편이 좋아서 그렇게 했을 뿐, 실제로는 뭐 한 150개 정도 옮기면 잘한 거라고 생각한다.

그런데 좀 전에도 말했듯이 성실한 사람은 이것을 너무 진지하게 받아들여, 에구머니나, 세상에나, 1,000개나 되는 흙 포대를 진짜 전부 옮기려고 오만가지 애를 쓴다. 하지만 사람의 힘으로 이게 가능할 리 없다. 그래서 어떻게 되느냐, 한 700개 정도 옮기고서 피를 토하며 장렬히 죽어 버리는 이 비스무리한 불행한 일이 발생한다. 물론 현실적으로 그런 상태가 되는 일은 거의 없고 대부분의 경우 좌절히고 도망겨 비린다. 여하튼 이 지시는 성실한 사람의 마음을 짓누르는 부담으로 작용한다. 그래서 성실한 사람은 자기방어에 나선다. 어떻게 하느냐 하면 "나는 나쁘지 않다. 흙 포대를 1,000개나 옮기라고 지시한 놈이 나쁘다."라는 이론(사실이지만)을 세우고 "흙 포대를 1,000개나 옮기라고 지시한 사람이 잘못 되었다. 반드시 항의하겠다."고 덤벼들어 혼자서 혁명 운동을 전개하다가 "됐다, 됐어. 그냥 집에나 가. 그리고 내일부터 오지 마."라는 통보를 받는다.

아니면 제대로 된 이론도 세우지 못하고 그저 코피만 분출하며 데스 메탈을 아카펠라로 부르고 미친 듯 날뛰는 바람에 주위 사람들로부터 "저 녀석, 또라이야, 위험해."라는 말을 듣다가 결국 고립되어 버린다.

그러니까 이런 일이 일어나지 않도록 적당히 힘을 조절하면서 한 120개 정도 옮기고 "헉헉, 100개가 한계입니다요." "그렇지? 나도 그렇게 생각해." "그러면 애초부터 1,000개라고 말을 하지 마십시오." "그렇지? 핫핫핫." "핫핫핫." 정도로 해 두면 될 텐데 성실한 사람은 이러지를 못 한다.

이런 상황을 금주 선언에 적용하면 사태는 꽤 심각해진다.

왜냐면 솔직히 흙 포대를 옮기라고 지시한 것은 피 한 방울 안 섞인 타인이지 자기 자신이 아니다.

그런데 금주 선언은 다름 아닌 자기 자신이 하는 것이니 성실한 사람으로서는 터무니없을 정도로 엄청난 중압감을 느끼게 된다.

몇 번이나 되풀이 말해서 미안하지만 술꾼이 의지의 힘으로 술을 완전히 끊는 것은 무거운 흙 포대를 1,000개 옮기는 것보다 고통스럽고 힘든 일이다. 불을 보듯 뻔하다. 좌절하고 만다. 불성실하고 적당히 적당히 하는 사람은 "에잇, 그냥 마셔 버립죠. 나 내일부터 짚신 신고 회사 갑니다요. 주식은 흙 포대라는 느낌으로 말입니다."라고 도대체 뭔 말인지 알 수 없는 말을 주절거리며 구렁이 담 넘어가듯 그냥 슬쩍 지나가 버리지만 성실한 사람은 도저히 그렇게까지 못하고 자신의 의지가 약하다며 자책하고 술을 더 마시는, 지옥의 악순환에 빠진다. 그렇게 해서 엄청 취하면 주변 사람들에게 "이런 날 경멸하고 있지? 속으로 비웃고 있지?"라고 트집을 잡고 "아냐."라고 부정해도 듣지 않고 폭력을 휘두르거나 바위 아래에 깔린 사람이나 돌김을 따는 사람을 흉내 내며 민폐를 마구 퍼다 나른다.

아니면 좌절까진 아니더라도 술을 끊겠다는 선언을 한 이상 술을 끊어야 한다는 중압감에 짓눌려 다시 술에 손을 댈지도 모른다.

이 정도까지 되면 대체 뭐가 성실한가, 장난치는 거 아닌가 싶겠지만 극도로 성실한 사람은 그렇게 될 정도로 성실하다.

이런 이유로 성실하든 불성실하든 금주 선언은 좋은 결과를 낳지 않는다.

그것만이 아니다. 금주 선언은 본인에게 상당한 불이익을 초래한다는 사실이 최근 연구에서 밝혀졌다. 만약 마음 단단히 먹고, 죽을 정도의 고통과 괴로움을 느끼며 피눈물을 흘리고 모든 업보와 지옥의 고통을 견디는 심정으로 일주일 동안 술을 끊어 보기로 한다. 이때 주변 사람들에게 슬쩍 "일주일 동안 술 안 마시고 있어."라고 흘려 본다.

이때 주위 반응은 선언을 했는지 안 했는지에 따라 상당히 달라진다.

금주 선언을 하지 않았다면 주변 사람들은 "와아, 너 같은 술꾼이 일주일이나 술을 안 마셨다고? 대단하네."라고 대체로 호의적이고 칭찬 일색이지만 금주 선언을 했다면 "겨우 일주일? 아직 멀었군."이라는 부정적이라고까지는 말할 수 없지만 마치 당연한 듯 인식될 뿐, 결코 호의적이지는 않다.

그것만이라면 그나마 다행이지만 8일째에 술을 마셔 버리면 평가는 더욱 극단적으로 대비된다. 선언을 하지 않았다면 술을 마시는 것을 당연하게 받아들이지만 선언을 해 버렸다면 "아~ 아~, 마신다아아아. 끊는다고 했으면서."라고 비난 비슷한 말을 듣거나 "이 녀석은 옛날부터 말뿐이야."라고 인격까지 부정당하는 평가를 받는다. 그저 바닥을 치고 또 치고 결국에는 소문까지 나서 의지박약에 중요한 일을 맡길 수 없는 몹쓸 녀석이라는 평판이 자리 잡는다.

위의 결과를 보면 선언을 하는 것이 좋은지 안 하는 것이 좋은지, 명백하다. 배수의 진을 칠 곳이 얼마든지 있는데 일부러 불리한 곳에 배수의 진을 칠 필요는 전혀 없다.

그러면 어디에 진을 치면 좋을까.

개조된 인간이 될 것인가?
인간을 개조할 것인가?

술을 마시고 싶다는, 무슨 뻘짓을 해서라도 술을 마셔야겠다는 욕구, 발버둥치는 몸뚱어리를 어떻게 통제할 것인가.

의지는 무력하다. 제정신은 술 앞에서 광기로 단정 지어지고 수량으로 밝혀진 술의 해악은 무시된다. 금주모임은 번거로운 인간관계가 얽혀 있고 의료기관을 방문하는 것도 처방된 약을 복용하는 것도 가족들의 협력이 반드시 필요하지만 선언을 하면 실패할 게 뻔하니 가족들에게 금주하겠다고 차마 말하지 못하고 주저하게 되어 이 또한 기대하기 어렵다.

그래, 그렇다면 어떻게 하면 좋을까.

그러니까 내가 어떻게 술을 끊었는가. 그것을 말해야겠다. 하지만 나 역시 막상 말하려고 하니 주저하게 된다. 왜냐면 내가 말해 버리는 순간 수많은 사람들이 "이 자식 미쳤나?"라고 생각하게 될 게 뻔하니까.

아니다. 나는 미치지 않았다. 아주 정상이다. 노멀하다. 평범하다. 너무나 아무렇지도 않아 재미라고는 찾아볼 수 없을 정도다.

단지 내가 지금부터 말하려는 내용이 어떤 부류의 사람들에게는 지극히 엉뚱하게 들릴지도 모른다, 그저 그것뿐이다. 하지만 말하지 않고서는 이야기를 더 이상 끌고 갈 수 없으니 말은 하자. 내가 하고 싶은 이야기는 혼고 타케시*에 관해서다.

혼고 타케시를 아는가? 모르는 사람이 있을지도 모른다. 그런 사람이라도 〈가면라이더〉는 알고 있을 것이다. 가면라이더도 모르는 사람이 있을지도 모른다. 그런 사람은 구글링을 하기 바란다. 컴퓨터도 스마트폰도 없는 사람이 있을지도 모른다. 그런 사람은 주변에서 나이가 좀 있는 사람에게 물어보면 대체로 알고 있을 것이다. 일본어를 모르는 사람이 있을지도

---

* 일본의 TV 드라마 시리즈 〈가면라이더〉의 초대 주인공

모른다. 그런 사람은 어떻게 하면 좋을까. 나도 모르겠다. 그런 사람은 나와 같은 개인이 아니라 행정기관을 방문해서 이런저런 상담을 받아보면 좋지 않을까 싶다.

혼고 타케시의 이야기로 돌아가자. 혼고 타케시라는 사람은 실로 불쌍한 사람이다. 처음에는 평범한 인생을 살았지만 쇼커라는 비밀결사대에 끌려가서 강제로 몸에 메뚜기의 요소가 장착된 개조 인간이 되고 만다. 비밀결사대가 왜 그런 일을 했느냐. 인간 사회를 파괴하기 위해서다. 이 일로 인생이 풍비박산 난 혼고는 이에 앙심을 품고 "당신들 맘대로 될 줄 아느냐. 너희들이 메뚜기의 마음을 아느냐."라고 말하고는 인간 사회를 파괴하기는커녕 뒷골목에 숨어 살며 자포자기의 나날을 보낸다.

뭐 그런 이야기였던 것 같다. 조금 다를 수도 있지만 일단 혼고 타케시가 쇼커에 의해 개조 인간이 되었다는 것만은 틀림없는 사실이다.

내가 착목한 부분이 바로 이 점이다. 개조 인간은 술을 끊으려는 사람에게 시사하는 점이 많은 단어다.

무슨 말이냐 하면 메뚜기는 술을 마시지 않는다. 그러므로 메뚜기의 요소가 장착된 개조 인간 혼고 타케시는 아마도 술을 마시지 못할 것이다. 드라마에서도 혼고 타케시가 술을 마시는 장면을 본 적이 없었던 것 같다.

그렇다. 개조 인간이 되면 술을 마시지 않게 된다. 마시고 싶은 욕구가 생기지 않는다는 것 아닌가. 구체적으로 말하면 검정 가죽의 라이더 재킷을 입고 목에 레이온 머플러를 두르고 쇼커가 있을 것 같은 가와사키 중화학 공업지대로 가서 인적이 드문 도로 펜스 옆 억새풀 밭을 잘나가는 사람인양 걸으며 "이런 곳을 걷고 있다는 건 신체능력이 뛰어나다는 증거니까 쇼커에게 잡혀서 개조 인간이 되어 버리겠지, 그건 싫군."이라고 중얼거리는 것이다.

그러면 몰래 숨어서 듣고 있던 쇼커가 "어이, 불로 뛰어드는 나방이란 게 이런 거로군."하고 기뻐하며 당신을 잡아가서 개조 인간으로 만들어 버릴 것이다. 그러면 메뚜기의 요소가 몸속에 들어가 버려서 그 후로 술을 마시지 않고 지낼 수 있다는 뭐 이런 방법도 있다.

황당무계하다는 거, 물론 나는 잘 알고 있다. 원래 〈가면라이더〉는 픽션으로, 가와사키 중화학 공업지대는 현실 세계에 존재하더라도 쇼커는 현실 세계에 존재하지 않는다.

게다가 그런 무서운, 나지만 내가 아니게 되는 반인간 반

메뚜기의 개조 인간은 되기 싫다. 있는 그대로의 나 자신으로 있고 싶다. 있는 그대로의 모습으로 술을 마시고, 있는 그대로의 모습으로 술에 취하고, 속박의 굴레를 벗어 던지고 상사에게 한 방 먹이고 싶다. 비틀거리다가 넘어져서 뼈를 부러뜨리고 싶다. 구토와 소변으로 뒤범벅된 상태에서 잠들고 싶다. 너무 마신 나머지 의식을 잃어 구급차에 실려 가고 싶다. 그런 있는 그대로의 나를 사랑하고 원한다. 메뚜기인 내가 아니라! 하고 열망하는 것이 인간 아닐까.

하지만 그래, 일반적인 의식을 가진 채 의지의 힘으로 술을 끊기란 아주 어려운 정도가 아니라 거의 불가능하다. 지금까지 살펴본 그대로다. 그렇다면 그 정도로, 그래 격렬하게, 메뚜기가 되겠다는 심정으로, 나 자신을 개조한다는 마음가짐이 아니라면 술을 끊을 수 없다는 점에서, 현실을 너무 잘 알기에 나는 혼고 타케시의 이야기를 꺼냈다.

그러나 말이다. 혼고 타케시가 직접 자신을 개조한 것이 아니라 쇼커라는 조직의 사람들에 의해 개조되었다는 사실을 간과하고 있다. 혼고 타케시의 개조는 외과 수술로 이루어졌고 당연한 얘기지만 전신 마취를 했다. 그렇게 하지 않으면 아파서 견딜 수 없다. 마취로 잠이 든 상태에서 자신의 몸을 스스로 수술할 수 있는 사람은 없다.

마치 의식을 유지한 채 술을 끊는 것이 어렵다는 사정과 참으로 닮았다. 우리들은 이 지점을 돌파하지 않으면 앞으로 나아갈 수 없다. 자, 이제 어떻게 할 거냐.

이 문제에 내가 사용한 방법은 일종의 역전 기법이다. 무슨 말이냐고? "하하하하하, 웃기고 자빠졌네. 역전의 발상, 콜럼버스의 달걀 같은 거잖아. 죽으면 자연스럽게 술을 끊을 수 있다, 뭐 그런? 쳇." 이렇게 지레짐작하는 성마른 사람도 있겠지만 아니다. 내가 말하는 역전의 기법은 그런 것이 아니다.

그럼 도대체 어떤 것인가. 개조 인간. 인간 개조. 이 차이를 알았으면 한다. 즉 개조 인간이란 개조된 인간이라는 의미로 어디까지나 수동적이다. 스스로 할 수 없다. 그런데 인간 개조라고 하면 인간을 개조한다는 의미로, 인간이 목적어가 되어 능동적인 의지가 느껴진다.

말의 순서를 살짝 뒤바꾸는 것만으로 이렇게나 의미가 달라진다. 단지 고분고분하게 개조당하는 것이 너무 싫었을 뿐이라며 배배 꼬여서 뒷담화만 까는 남자와 실패를 두려워하지 않고 자신의 의지로 뭐든지 적극 도전하는 남자. 당신이 여자라면 어느 쪽 남자와 결혼하고 싶은가. 대부분의 여자들이 후자를 선택하지 않을까.

그런 의미에서의 역전 기법이다.

하지만 애처럼 아무 생각 없는 사람들이란 늘 일정 수 존재하며 "깨놓고 말해서 그런 건 관념의 유희잖아. 아냐? 역전인지 뭐시깽인지 난 모르지만 자기 자신한테 외과 수술을 어떻게 해, 아냐?"라고 입을 삐죽거리며 말한다.

닥쳐.

누가 외과 수술을 한다고 했습니까. 그건 비유일 뿐이라고. 개조 인간이 되라는 게 아니라 인간 개조라고. 의지가 무엇보다도 중요하다는 말을 몇 번이나 했잖아.

인간이 자기 자신을 개조하는 것은 몇 번이나 말했지만 불가능하다. 이 엄청난 문제를 극복하지 않는 한 앞으로 전진할 수 없다. 자, 어떻게 할 것인가. 어떻게 하면 인간 개조가 가능할까.

이쯤에서 다음 단계로 넘어가 보자. 개조가 불가능하다면 변경한다는 뉘앙스만 남기고 다른 걸 찾아보는 건 어떤가. 예를 들면 개조가 어렵다면 개량은 어떤가. 한 번에 모든 것을 싹 갈아엎어 버리는 게 아니라 알아차렸을 때마다 기본적인 시스템은 남기면서 조금씩 바꿔 나가는 것이다.

술을 마시고 난폭하게 군다. 술을 마시고 건강을 해친다. 술을 마시고 일의 효율을 떨어뜨린다. 이러한 것을 바꾸기 위해 건강보조식품을 복용하거나 중요한 일을 앞두고는 술을 마시지 않는다거나 하는 그런 거 말이다. 그리고 술의 양을 점점 줄여 간다. 마지막에는 술을 마시는 듯 안 마시는 듯, 술이 반쯤 담긴 건배 술잔을 그냥 두고 커피를 마시는 그런 인간이 된다. 이것이 바로 인간 개량이다.

이런 방법, 좋을지도 모르지만 이건 금주가 아니라 절주다. 우리의 목표는 금주다. 절주가 아니다. 그러므로 이것은 기각.

그럼, 개정이라는 것은 어떨까. 인간 개정. 마치 헌법 같은 느낌이 든다. 인간은 법이 아니다. 하나의 인격체이자 생리다. 영혼이며 육체다. 올바른 것도 죄악인 것도 동등하게 매몰되어 있어서 무엇이 올바르고 무엇이 죄악인지 갈라치기도 없다. 개정이든 개악이든 한쪽을 단죄해서 멸망시키면 생명도 사라진다. 그건 내 본의가 아니다. 인간은 올바르지도 나쁘지도 않다. 내가 지금 무슨 말을 하는 거지? 여기서는 술을 마시는가 안 마시는가, 그것만 이야기하자, 이 말이다.

"술을 마시면 안 됩니다." "음주는 죄악"이라는 슬로건을 100만 번 외쳐도 술은 못 끊는다. 올바름과 죄악, 선과 악을 논하고 있는 동안에는 자기 자신을 개조해서 술을 끊는다는 고난은 도저히 극복할 수 없다, 불가능하다.

그런 의미에서 개혁, 인간 개혁도 텄다. 아, 이건 여담인데 정치가들에게 한 마디 조언을 하겠다. 개혁이라는 말을 이용할 때는 중간에 '의'라는 조사를 넣으면 클래식한 느낌이 나서 좋다. 행정 개혁이라고 하기 보다는 행정의 개혁이라고 하는 편이 무게감이 있다. 그 이유를 설명하면 길어지니까 여기선 생략하지만 물론 그것보다도 중요한 것이 있다.

우리들은 바꾸는 방법을 더 생각한다. 그렇게 해서 생각을 바꾸고 인식의 폭을 넓혀 술을 끊어야 한다.

인간 개조를 할 수 없다면
인격 개조, 아니 인식 개조를 하자

인간 개조. 이 네 글자를 다시 한번 뚫어지게 바라본다. 그러면 인간 개조라는 말이 두 개의 단어로 이루어져 있다는 점을 깨닫는다. 인간과 개조다. 이것을 역전 기법에 응용할 수 있다.

작가 다자이 오사무는 소설《인간 실격》의 끝부분에서 '인간, 실격.'이라고 쓰고 있다. 인간 실격과 실격 인간은 의미가 상당히 다르다는 점에서 역전 기법이야말로 획기적이라는 사실을 확인할 수 있다.

그러나 우리들은 여기서 앞으로 더 나아가야 한다. 그렇지 않으면 술을 끊을 수 없다. 자, 어떻게 할까.

그래, 감이 좋은 사람이라면 이미 눈치챘을 것이다. 입이 근질근질 속은 답답하지, 그래 알았다. 말하지. 우리들이 뭘 개조해야 하는지는 알지만 성공하지 못했다면 '인간' 부분의 '인ㅅ'이라는 뉘앙스만 남기고 다른 것으로 치환 또는 개조할 때 성공할 수 있지 않을까, 하는 것이다.

하지만 갑자기 본격적으로 하는 것은 힘들기 때문에 인간 실격으로 연습해 보자. 다자이 오사무는 '인간 실격=폐인'이라고 했다. 폐인은 괴롭고 견딜 수 없다. 그래서 이것을 인간, 실격이라고 두 부분으로 나눠서 '인간' 부분을, 인간 실격이라는 전체적인 취지를 손상하지 않도록 주의하면서, 인간이라는 뉘앙스는 남기면서, 다른 뭔가로 바꾸는 것으로 고통을 완화시키고 견디는, 그런 시도를 해 보자.

하지만 막상 해 보면 이것 또한 그다지 쉽지 않다는 사실을 알 수 있다.

예를 들어 인민 실격, 이라고 해 보자. 그러면 인민이라는 자격이 없다는 의미가 되어 인간 실격의 괴로움이 상당히 완화되지만 혁명 정권하에서 지식인이나 부유층이 규탄 받는 느낌이 붙어 다니기에 남의 일이라고나 할까, 자신과는 별 상관없다는 그런 생각이 들어 다자이 오사무가 말하고자 하는 의도가 전혀 드러나지 않는다는 안타까움이 생긴다.

그럼 인물 실격, 인권 실격, 인삼 실격, 인칭 실격 등 이래 저래 다양하게 바꿔보던 중에 깨닫는 것이 있다. 권리의 상실을 의미하는 '실격'이라는 말은 어디까지나 개인과 관련된 말이다. 따라서 그 앞에 있는 '인' 다음에 오는 말도, 개인에게 속하거나 개인과 관련된 말이 아니면 어색하다고나 할까, 다자이 오사무의 뜻을 존중할 수 없다고나 할까, 그렇다.

그렇다면 뭐가 좋을까. 뭐가 정답일까. 바보. 그런 건 아무래도 좋다. 우리들이 하고 싶은 것은 어디까지나 금주로 다자이 오사무의 의도를 존중하는 것이 아니며 문학은 더더욱 아니다.

우리들이 극복해야 하는 것은 음주라는 현실의 문제다. 그래서 원래 과제로 돌아가서, 인간 개조의, '인간' 부분을 어떻게 바꿀 것인가 하는 건데 결론부터 말하자. 나는 인격 개조, 이것이 좋다.

인간이라고 말하면, 인간의 의식부터 몸까지 모든 것을 포함한 전체를 가리킨다. 그래서 이것을 개조하기 위해서는 타인의 손이 필요하다. 그런데 인격이라고 하면 어떨까.

그래, 인격은 사람의 됨됨이, 인간성, 성격과 같은 정신적인 부분을 가리키며 일반적으로 몸은 포함되지 않는다.

이 말은 무슨 뜻인가. 인격을 개조한다고 하면 외과적인 처치가 필요 없으며 의지와 힘으로 개조할 수 있다는 것이다.

게다가 인격은 자기 자신만 개조 가능한 것이라고, 미천한 나는 생각한다. 물론 사랑하는 사람의 죽음이나 호된 배신으로 사람이 변해 버리는 일도 없지는 않다.

하지만 그것은 결과적으로 그렇게 되었을 뿐 주체적인 의지와 힘은 그 어디에서도 작용하고 있지 않다.

미야는 칸이치를 돈놀이꾼의 종업원으로 쓰려고 도야마에 시집을 보낸 것이 아니다.* 우연히 그렇게 되었을 뿐이다. 교통사고로 머리를 다치고 난 후 성격이 변했다는 사람도 성격을 바꾸려고 일부러 자동차에 머리를 부딪치지는 않았다.

또 그러한 성격 변화는 대부분 긍정적positive인 변화가 아니라 부정적negative인 변화다.

그것은 우리들이 지향하는 인격 개조가 아니다. 들린다. 당신들의 외침이 들린다. 당신들은 이렇게 외치고 있다.

---

* 오자키 고요尾崎 紅葉의 소설 《곤지키야샤金色夜叉》에 나오는 내용

"언제까지 밑밥만 깔 거야! 빨리 술 끊는 방법이나 말해. 제기랄."

하하하. 성질 참 급하네. 왜 그렇게 빨리 알고 싶지? 빨리 듣고 후딱 마시러 가겠다는 건가? "아~, 정말 질질 끄네." 은행에서, 역에서, 슈퍼의 계산대에서 안달복달하는 당신, 빨리 끝내고 무엇을 하려고 하는가. 그런 식으로 인생을 생각하는 것. 그것이 바로 인격 개조다.

고명한 스님이 와서 말하면 일단 때리고 본다. 고명한 스님이 코피를 쏟으며 쓰러진다. 하지만 뭐 어때. 깨달음을 얻었으니까 무안이비설신의無眼耳鼻舌身意*, 안 아프잖아? 라며 일어나는 걸 도와주지 않고 침을 뱉고 가 버린다. 그런 인격도 가능하면 개조하고 싶다.

지금 고명한 스님의 이야기를 했지만 그때 스님은 속으로 무슨 생각을 했을까? 무고집멸도無苦集滅道**라고 되뇌며 멍하니 있었을까? 아니, 속으로 울분을 토하며 치욕적이라는 생각이 들었을 게 틀림없다. 어쩌면 손해배상이라도 청구하려고 했

---

* 반야심경에 나오는 말로, '눈, 귀, 코, 혀, 몸, 뜻이 없다'라는 뜻
** 불교의 근본 원리 사제의 첫 글자를 따서 만든 말, 고집멸도가 없다는 뜻

을지도 모른다.

비록 덕망 높은 스님이라 실제 행동은 그렇다 치더라도 생각의 움직임까지 바꾸는, 개조한다는 것은 어렵다고 말하는 것이다. 덕망 높은 스님조차 불가능한 일을 일반인이, 오다하라* 까지 가서 식당에 들어가 오랜만에 오다하라에 왔으니까, 라며 '오다하라 정식'이라는 것을 주문했는데 평범한 어묵 반찬만 줄줄이 나오면 "망했네. 해산물 덮밥을 시켰더라면 좋았을거 어어얼!" 하고 울부짖을 인간이, 과연 가능할까?

가능할 리가 없지.

그렇다면 어떻게 할까. 차라리 고의로 자동차에 머리를 부딪쳐서 다치고 그걸로 인격이 변해 버리길 기대하는 수밖에 없을까. 아니다. 머리를 잘 부딪치면 다행이지만 잘못해서 배를 다치거나 하면 아프기만 할 것이고 더 재수가 없어서 손이나 발이 떨어져 나간다면 상당히 불편하고 무엇보다 상대방에게 피해를 주게 되므로 그런 일은 절대로 해서는 안 된다.

그럼 어떻게 하면 좋을까. 방법이 없나. 우리들은 술을 끊을 수 없는 것인가. 평생 아비규환의 술 지옥에서 보낼 수밖에

* 가나가와현에 위치한 해안가 도시

없는 것인가. 인간, 실격. 인가. 아니, 아니다. 현재 나는 거기에서 벗어났다. 내가 증명한다. 그때의 내가 인격을 개조해서 고명한 스님도 도달하지 못한 깨달음의 경지, 아뇩다라삼먁삼보리阿耨多羅三藐三菩提*에 도달했느냐 하면 그런 건 아니고, 신사에 참배하러 가서 "제발 여자들이 절 좋아하도록 해 주십시오."라고 기도를 드렸다.

그런데도 나는 술을 끊었다.

그때 이용한 것이 바로 인격을 인식적으로 개조하는 기법이었다. 어떤 것인가. 자세히 설명해 보자.

위에서 말했듯이 인격 개조는 불가능하지 않지만 상당히 어렵고 거의 깨달음의 영역이다. 그러나 우리들의 최종 목표는 해탈이 아니라 그저 술만 끊고 싶을 뿐이다. 그러니 그렇게 벅찬 짓을 할 필요가 없다. 동네 노래자랑의 반주자로 에릭 클랩톤을 부를 필요는 없고 동네 우동집의 세금 신고에 슈퍼컴퓨터를 사용할 필요가 없는 것과 마찬가지로 술을 끊기 위해서 인격까지 개조할 필요는 없다. 그저 인식 개조로 충분하다.

인식이란 무엇인가, 인식을 개조하는 게 어떤 것인가를 여

---

* 부처가 통달한 최고의 깨달음, 지혜

기서 시시콜콜 논의할 생각은 추호도 없다. 내가 재고한 인식이란 삼차원으로 이해하고 있는 이 세계의 아주 일부에 지나지 않는다.

이 인식은 자신에 대한 인식이다. 자신이란 무엇인가. 자기 자신이다. 자기 자신에 대한 인식 개조란 자신을 어떻게 이해할 것인가, 자기 자신의 위상을 이 세상 속에서 어떤 식으로 정립할 것인가의 문제다. 그러나 어찌됐든 부정확하다.

왜냐면 이 세상을 인식하고 있는 것 또한 자기 자신이며 자기 자신이 인식한 세계에서 자기 자신의 위상을 정립하기 때문에 거기에는 이중, 삼중, 아니 오중, 육중의 왜곡이 발생하기 때문이다.

복잡하게 들리지만 간단하다. 자신의 얼굴을 직접 볼 수 없는 것과 마찬가지로 인간은 자기 자신을 객관적으로 볼 수 없다. 좀 더 말하자면 인간에게는 자기애라는 것이 있어서 남의 일은 어느 정도 객관적으로 바라볼 수 있지만 자신의 일이 되면 흥분해서 잘못된 판단을 내리는 경우가 많다.

경제평론가가 주식투자를 해서 큰 손해를 보는 일. 교육자나 종교가의 추문이 발각되는 것. 우동집 주인이 제일 좋아하는 음식이 파스타라는 사실. 전부 여기에 속한다.

"나는 아주 온화한 인간으로 폭력 따위는 보는 것조차 싫어합니다."라고 말하는 인간이 덕망 높은 스님을 푹 찌른다.

예전에 길을 걷다가 데모하는 사람들을 우연히 마주쳤다. 이른바 사운드 데모라는 것으로 트럭에 스피커를 달고 꽹과리와 북을 치면서 거리를 행진하고 있었다. 그들의 주장은? 곳곳에 '전쟁 반대' 'No War'라는 슬로건이 있는 걸 보고 반전 데모라는 걸 이해했다. 그리고 아주 큰 간판이 트럭의 가장 눈에 띄는 곳에 걸려 있었다. 그 간판에는 단 한 마디, '죽이지 마라!'고 적혀 있었다.

아주 간단명료한 주장이었다.

이 데모대를 경찰관들이 둘러싸고 있었다. 자세히 봤더니 경찰관은 데모대를 막고 있는 것이 아니라 교통 통제를 하고 있을 뿐이었다. 그런데 흥분한 한 남자가 경찰관을 향해 외쳤다.

"야, 이 자식아, 죽여 버리겠다."고.

인식 개조의 첫 걸음은
자기애로부터의 탈출이다

이렇게 인간에게는 자기애라는 정신 활동이 있기 때문에 자기 인식이 상당히 애매모호하다.

그렇다면 개조해야 하는 인식이 애매하니까 개조하려고 해도 할 수 없지 않냐는 의견이 너구리 구멍이나 지하철역에서도 드문드문 들려올지도 모르겠다만 안심해도 된다. 그것은 환청이다. 이런 소리가 후지산의 동굴 속에도 가득 차 있다.

이쪽이 훨씬 환청 같지만 사실이니까 어쩔 수 없다. 거짓말이라고 생각하는 사람은 지금 당장 전철, 버스를 갈아타고 또 갈아타고 아오키하라* 숲으로 가라. 그리고 동굴과 바람구멍에 들어가서 직접 확인해라. 가득 차 있으니까. 아, 한마디만 더 하면 그 목소리는 순수한 영혼을 가진 사람만 들을 수 있지. 사악한 영혼을 가진 사람들에게는 들리지 않아.

이렇게 말하면 안 들렸던 많은 사람들이 "내 영혼은 순수해. 그런데 안 들린다고. 어쩔 건데?" 하고는 빡쳐서 씩씩거릴 것이다. 거 봐라. 그러니까 말했잖아. 자기 인식이 잘못되었다고 말이지. 역시 동굴은 성스러운 목소리로 가득 차 있고 이렇게 말하고 있도다.

그것은 환청이로소이다.

그리고 그, 그러니까 곳곳에서 울려 퍼진다는, 개조해야 하는 자기 인식이 지금도 봤듯이 애매하고 잘못되었기 때문에 개조하려고 해도 할 수 없다는 목소리, 즉 동굴의 성스러운 목소리가 무슨 말을 하고 있느냐 하면 사실은 정반대다. 즉 애매한 부분이 많기 때문에 오히려 개조하기 쉽다고 말하고 있다. 틀림없다.

어떤 말인가 하면 그러니까, 빈틈없이 모든 게 확정되어서 올

* 후지산 근처의 숲

124

바르게 인식하고 있다면 개조하는 데 엄청난 노력이 필요하다.

간디 정도 수준의 비폭력주의자가 사실 나는 폭력주의일지도 모른다고 자기 인식을 개조하려면 상당히 복잡하고 치밀한 프로세스를 밟아야 할 필요가 있다. 하지만 그에 비해 평화주의를 주장하는 데모의 선두에 서서 저도 모르게 "죽여 버리겠다. 이 새끼야!"라고 외쳐 버린 사람은 한달음에 "나 실은 폭력긍정론자일지도 모른다."고 개조할 수 있다.

즉 확정되지 않은 데다가 전체의 아주 일부분만 가볍게 인식할 뿐, 희미하고 막연한 신념밖에 없었던 만큼 자기 인식이 확실하게 개조되어 버린다는 식이다.

지금 나는, 개조되어 버렸다고 말하고 말았지만, 그래 진짜 그렇다. 대부분은 힘든 선택이다.

막연하게 나는 좋은 인간이라고 그렇게 생각하며 살아 왔다. 그러나 잘 인식해 보면 어떤가.

불합리한 일을 당해서 고통스러워하는 사람들만 콕 집어서 제작한 다큐멘터리를 보며 진심으로 동정의 눈물을 흘렸다. 이 말은, 다시 말하면. 자기 인식 면에서는 따뜻한 마음을 가진 좋은 인간이라는 의미가 된다. 하지만 그 후에는 어땠는가. 그 사람들을 찾아가서 손을 부여잡고 격려를 했는가, 이야기를 들어 줬는가.

　물론 이래저래 일이 많아 짬을 낼 수 없었겠지. 갑자기 찾아가면 상대방에게 민폐를 끼치게 되고. 그렇다면 그런 사람들을 위해 자신의 수입 중 얼마를 기꺼이 내놓았는가. 아니, 그건 안 했다. 이유인즉슨 자신도 즐거운 삶을 살고 있지 않다는 것이다. 재산이 있어서 돈이 돈을 버는 생활을 하고 있지 않고 뼈와 살을 깎는 노동을 하며 겨우 벌어먹고 있으며 빚도 있다. 미래를 대비해 보험도 들어야 한다. 여유 따위? 솔직히 말해, 없다. 물론 물질적 풍요보다 마음의 풍요가 중요하다 뭐다 하니까 가능한 범위 내에서 도울 용의는 있다. 그래서 TV 프로그램의 마지막에 송금 계좌라든지 뭐 그런 게 나오면 돈 보내려고, 진심으로, 정말로, 마음먹고 있다. 그런데 나오지 않는다. 그래서 송금하지 않았다. 아니, 송금할 수 없었다.

　이것은, 분명히 말해 두는데, 프로그램 제작자의 과실이다. 구구절절 말해도 어차피 광고비 받아서 제작하는 TV 방송 프로그램. 뭘 기대하겠는가. 그래서 뭐라고 하는가. "이런 건 말이지, 사회가 말이야, 잘못하고 있어. 웃기네."라고 거실에서 욕 실컷 퍼붓고 나서 따뜻한 아카키리시마 소주를 홀짝홀짝 마시며 이번 시즌의 스토브 리그에 대해서 이런저런 생각을 해 본다. 신작을 구상해 본다. 셀카를 찍고 업로드한다.

이런 일은 자주 있고 이런다고 해서 딱히 나쁜 사람으로 분류되는 건 아니지만 그렇다고 좋은 사람도 아니다. 그냥 보통의 평범한 사람이다.

사람은 일단 자신을 좋은 사람이라고 자기인식하고 있다. 그러나 자신이 한 일을 정확히 판단하면 그 인식은, 보통의 평범한 인간이라고 바뀐다. 이것은 이미 훌륭한 인식 개조지만 고통스러운 선택이라고 한 것은 좋은 사람 → 보통의 평범한 인간으로 등급이 내려가기 때문으로, 어렵다면 어렵다.

자기인식은 한결같이 애매한 데다가 항상 높게 설정되어 있다. 그것도 꽤나 높게. 그러므로 측정을 하면 늘 하향 수정된다. 가혹하다. 그러나 인격 개조의 고통에 비하면 아주 보잘것없는 고통으로 인격 개조가 도끼로 손발을, 머리를 절단당하는 정도의 고통을 동반한다면 인식 개조는 기껏 해 봤자 가려움 정도를 동반한다. 이렇게 해서 술을 끊을 수 있다면 이보다 누워서 떡먹기가 있겠는가.

자, 그러면 인식 개조의 방법에 대해서 좀 더 구체적으로 얘기하자. 지금부터의 이야기는 사람에 따라 다소 반감을 가질

만한 부분도 있으니, 부디 그때 느끼는 아픔과 가려움을 극복하기를 바란다.

인식 개조를 위해서 먼저 자신의 위치를 정확하게 알아야 하지만 이미 말했듯 인간의 정신은 자아라는 감옥에 갇혀 있어서 불가능하다. 그러나 대략적인 느낌, 예측하는 방법을 익히는 건 그리 어렵지 않다. 매일 매일의 생활 속에서 구체적인 예를 통해 자신도 모르는 사이에 무의식적으로 이 감각을 키울 수 있다.

그래, 구체적인 예를 하나만 들어보자.

그대들은 도로의 차 막힘, 정체를 알고 있을 것이오. 차들이 몰려서 좀처럼 앞으로 니이가지 못하는 현상을 말하오. 나 역시 때때로 차 막힘에 빨려 드는 경우가 있소만 그런 상황 속에서 상당한 확률로 흥미로운 현상이 발생한다는 점을 알아차렸소.

자세한 교통 상황에 대한 설명은 장황하고 번거로우니 생략한다. 일단 주행하고 있다가 도로 정체에 말려들었다고 치자. 한동안 굼뜨게 앞으로 찔끔찔끔 간다. 오래 계속되기도 하고 또 그렇지 않기도 하지만 참고 있다 보면 결국 정체가 해소되고 평소 주행 속도로 달릴 수 있게 된다.

재미있는 현상은 이후에 일어난다. 어떤 것이냐 하면 방금 나는 '평소 주행 속도로'라고 했지만 사실은 차 막힘에서 벗어나자마자 대부분의 운전자들이 액셀을 있는 힘껏 밟으며 평소 주행 속도보다 훨씬 빠른 속도로 쌩하고 달려가 버린다. 그 모습을 보면 마치 "재수 없는 일을 당했다!"라고 절규하는 듯하다.

개는 주인의 명령이나 다른 이유로 본의 아닌 상태에 오래 있다가 겨우 해방되면 복도 등을 엄청난 속도로 왔다 갔다 하는데, 차 막힘에서 벗어난 차들이 이와 아주 유사하다.

도대체 왜 이런 일이 일어날까. 오랫동안 가만히 있어야만 했던 개가 해방되어 개질주를 하는 것과 마찬가지로 "재수 없는 일을 당했다."는 심리적 부담을 해소시키기 위해서다.

왜 그렇게 느낄까. 평소 속도로 달릴 권리가 있는데 도로 정체 때문에 그 권리를 부당하게 빼앗겼다. 그래서 그 권리를 회복시키기 위해 평소의 속도보다 더 빨리 달렸다?

빙고. 그렇게 생각한다. 당연하다고 생각한다. 부당하게 빼앗긴 권리에 대해서는 회복할 권리가 있다는 이유에서다.

그러나 우리 한번, 속도를 줄이고 휴게소에 들어가서 천천히 생각해 보자. 무엇에 대해서? 그래, '우리들에게 진정 빨리 달릴 권리가 있는가.'라는 점에 대해서다.

일단 결론부터 말하면 그런 건 없다. 왜냐면 우리가 사는 사회는 일정한 합의에 의해 성립되어 있기 때문에 차를 몰고 가다가 차 막힘에 휘말렸다는 것이 부당하다는 주장은 법적으로도 도덕적으로도 이길 수 없다. 상식적으로 생각해서 요즘 세상에 교통 정체란 어쩔 수 없는 일이라고 다들 속으로는 알고 있다.

그런데 막상 막힌 도로에 말려들면 속이 뒤집어진다. 나도 그렇다. 왜 이런 쓰잘머리 없는 일에 시간을 낭비해야 하는지 진지하게 생각한다. 안절부절못한다. 마구 소리치고 싶어진다. 그러다가 오줌이 마려워도, 더 이상 참을 수 없게 되더라도, 갓길에 서서 노상방뇨 같은 야만적인 행위는 차마 못하고 그저 애절함과 절망 속에서 신을 찾는다. 그리고 신을 봤을 땐…. 이미 싸 버린 후다.

이럴 때 우리들은 차 막힘을 부당하다고 생각한다.

그런데 차 막힘을 피한 사람, 평생 차 막힘이라는 걸 당해 보지 않는 사람은 어떤 사람일까. 일본의 경우라면 아마도 내각총리대신 같은, 그 정도 지위의 사람은 차 막힘을 당하지 않았을지도 모른다. 아니면 입 밖에 내기도 조심스러운, 일왕도 차 막힘을 모를 것이다. 그리고 주요 국가의 리더들도 차 막힘에 휘말리지는 않는다.

민간인의 경우라도 어디를 가든 헬리콥터를 사용하는 사람이라면 차 막힘과는 인연이 없을 것이다.

그 외의 사람들은 다들 차 막힘과 조우하고 있다.

자기 자신에게 물어보자. 내 사회적 지위가 위에서 언급한 사람보다 위인가 아래인가. 괴로운 일이지만 아래다. 이것을 인식하는 것이 이른바 '예측을 단련시킨다.'이다. 인식 개조의 첫걸음이다.

물론 괴로운 일이므로 승복하기 어렵다는 사람이 나올 것이다. 이해가 된다. 그런 사람들은 아마도 이렇게 말할 것이다.

"사회적 지위와 개인의 존엄, 자신을 특별하게 존중하는 마음은 다르다!"

"그것과 금주가 무슨 관계가 있다는 거냐!"

인간은 '자기 자신'을
제대로 판단할 수 없다

물론 개인의 존엄은 사회적 지위와 신분 계층의 높고 낮음으로 유지되지 않는다. 그러면 어떻게 유지되는가.

아무 이유도 없이 끌려가서 신체의 자유를 빼앗기고 노예처럼 노동을 한다. 폭행을 당한다. 그리고 죽임을 당한다. 이와 같은 일은 완전히 인권을 침해당한 상태로 이러한 일이 벌어지지 않도록 법이 만들어져 있고 선거로 당선된 정부가 법에 의거해 국가를 통치하고 있다.

지금 말하고자 하는 존엄은 위에서 말한 것이 아니라 좀 더 상식에 가까운 것으로 무엇에 의해 유지되냐, 방금 상식이라고 했지만 바꿔 말하면 상황 판단에 따라 유지된다. 즉 인간이 인간을 어떻게 생각하고 있는지에 의해 유지되고 있다.

존엄은 대다수의 사람이 "개개인에게는 존엄이 있기 때문에 존중해야 한다."고 생각함으로써 비로소 유지된다. 반대로 대다수의 사람이 "가난한 사람은 벌레나 마찬가지라서 눈앞에서 죽어 나가도 아무렇지도 않다." "부자는 모두 극악무도한 사람이니까 때려 죽여서 돈을 빼앗아도 된다." "권력자에게 잘 보이면 득을 보니까 아첨한다. 그 때문에 쌓인 울분은 약한 놈들을 찔러서 풀면 된다." 등등 이런 생각을 하면 결코 유지되지 않는다.

여기에 대해서 사람들은 대체적으로 올바른 판단을 내릴 수 있다. 어떤 사람이 누군가의 존엄을 깔아뭉개면 "그만 둬!"라고 말하는 정도는 가능하다. 즉 어느 정도의 판단력이 사전에 입력되어 있다.

그런데 문제가 하나 있다. 지금까지 여러 번 말했지만 '나 자신'이 얽히면 갑자기 판단이 뒤죽박죽이 된다. 정확한 정보를 얻어서 정세를 꿰뚫어 보고 적확한 지침을 제시할 수 있는데 심의회나 위원회에서 '자신'을 부르지 않았다는, 단지 그것만으로 열이 받아 머리가 이상해진 게 아닌가 싶을 정도로 욕을 퍼붓는 것도 '자신'이 얽혀 있기 때문이다.

　이렇게나 훌륭한 나를 부르지 않다니 녀석들은 돌았다는 생각에 사로잡혀 있어서 자신이 미쳤다는 것을 알아차리지 못한다. 자신이 한 일에 대해 지적을 받아도 미쳐있기 때문에 "뭐? 뭐가 미친 건데? 너나 정신병원 가 봐!"라고 격분한다. 경제학자가 주식을 하다가 엄청난 손해를 봤다. 비평가가 쓴 소설이 비웃음을 당했다. 소설가가 사람들 앞에서 노래를 불렀다가 창피를 당했다.

　인간은 자기 자신으로부터 그리 멀리 도망칠 수 없다. 이 세상에서 죽이고 죽임을 당하는 일들이 계속되고 사라지지 않는 이유두 여기에 있다. "일반론으로는 이해할 수 있지만 자신의 일이 되면 얘기가 달라진다."

　인간이 안 된다면 신에게 통제당하자. 이는 자연스러운 생각의 흐름이다.

　음악을 예로 들면 '음악의 신'에게 모든 것을 일임하는 것이다. 비록 어떤 녀석과 개인적으로 케미가 좋지 않아도 '음악의 신'이 그와 연주하라고 하면 꾹 참고 연주를 한다. 뭐 그런 건데, 대부분의 밴드가 인간관계로 인해 해산하고 또 소송까지 가는 걸 보면 음악의 신이 얼마나 의욕이 없는지 알 수 있다.

왜 그렇게 되느냐. 음악가는 분명히 연주하고 있는 동안에는 음악의 신의 종이지만 그 외 시간, 대기실에서 쉬고 있을 때나 슈퍼에서 물건을 살 때, ATM에서 돈 뽑으려고 서 있을 때는 음악의 신의 지배로부터 벗어나 있기 때문이다. 이 모든 것을 통제하기 위해서는 유대교적 유일신을 믿어야 한다는 말이 되는데 민족이나 인종을 불문하고 이 신을 진심으로 믿고 생활 속에서 교리를 실천하는 것은 인격 개조에 필적할 정도로 어려우며 차라리 여러 신이 존재하는 사회가 훨씬 편하고 현실적이라는 식의 반응이 나와 버린다.

또 이것이 이해 득실의 이야기라면 숫자로 따질 수도 있지만 존엄은 반드시 숫자의 문제는 아니다. 보통 시급 1만 2,000원 받고 꼴 보기 싫은 녀석들이 많은 직장에서 일하는 것보다 좋은 녀석들만 있는 시급 8,000원짜리 직장이 좋다고 생각하기에 실로 복잡하다.

어쨌든 지금 여기에서 문제시하고 있는 것은 그런 주변 문제가 아니라 자신이 자기 자신을 어떻게 생각하는가, '위대한 나'라고 생각하는가, '아무것도 모르는 나'라고 생각하는가에 따라 세상을 보는 눈이 상당히 달라진다는, 즉 자기인식 개조로 술을 끊자고 말하는 것이다.

이렇게 말해도 이해가 안 될 테니 앞서 말한 차 막힘과 속도 초과에 술꾼의 심리를 적용해서 생각해 보면 다음과 같다.

나는 행복한 상태로 있을 권리가 있다. 그런데 아침부터 저녁까지 부당하게 이 권리를 빼앗겼다. 말도 안 되는 일을 당했다. 그래서 나는 저녁 이후에는 본래 있어야 했던, 행복해질 권리를 행사하겠다.

그것 참. 여기에서 문제가 되는 것은 이렇다. 첫째, 원래부터 행복할 권리가 있는가. 둘째, 그것을 부당하게 빼앗겼는가. 셋째, 행복해질 권리의 행사란 무엇인가. 첫째의 행복한지 아닌지는 개개인의 주관적인 느낌이며 이중 삼중으로 얽혀 있는 복잡한 문제이므로 나중에 자세히 얘기하기로 하고. 지금은 '아침부터 저녁까지 본의 아닌 상태에 있었다.'는 점 때문에 술을 마신다는 두 번째 내용. 즉 부당한지 아닌지에 대해서 생각해 보자. 이것이야말로 상황 판단에 영향을 많이 받는 문제다.

불우한 뮤지션이나 예술가에 비유해서 생각하면 이해하기 쉽다. 이런 사람들은 항상 내심 "나는 더 인기가 있어야 한다(높은 평가를 받아야 한다)."라고 생각하고 있다. 그런데 현실은 그렇지 않다.

그들이 인식 개조를 안다면 시장에서의 자기 가치를 정확하게 인식하고 상황 판단에 의거해 자기 자신을 분석할 수 있을 텐데 불행히도 모른다.

자신이 인기가 없는 이유는 자신이 예술의 신에게만 복종하고 대중에게 아첨하지 않기 때문이라고 생각한다. 대중의 요구에 따라 노래를 만들고 작품을 제작하는 것이 아니라 자신이 신봉하는 것을 만들기에 대중들이 좋아하지 않는다고 혼자 생각한다.

그걸 알고 있으니 재빨리 대중들이 원하는 것을 만들어서 인기를 얻으면(높은 평가를 받으면) 될 일인데 또 그런 걸 탐탁지 않게 여긴다. 왜냐면 그것은 타협이며 예술의 신에 대한 배신, 용서할 수 없는 배신이자 모독이기 때문이다(마음만 먹으면 할 수 있는데 안 하는 것이라고 생각할 뿐, 재능이 없다고는 생각하지 않는다).

그래서 일반 대중들로부터 등을 돌리고 자신이 믿는 신에게 바치기 위해 만든다. 그것만이라면 딱히 문제가 발생하지 않지만 아무리 만들어서 바치고 바쳐도 신은 칭찬해 주지 않고 그저 침묵만을 지킬 뿐이다. 그러는 사이에 다른 이들은 대중에게 잘 먹히는 것을 만들어서 인기도 얻고 돈도 긁어모으고 있다. 그것만으로도 열이 받는데 대중은 인기가 있는 이들을 가리켜 "그야말로 예술의 신이다."라고 부르기 시작한다. 자, 이쯤 되면 가만히 있을 수 없다. 대중들의 노리개가 신이라니! 저 치가 신이라면 지금까지 내가 한 고생은 도대체 무엇이었나. 분노에 휩싸여 인기 있는 이와 그를 좋아하는 대중들을 비판하고 매도하기 시작한다.

좋아서 돈을 지불하고 열광하는데, 공격을 당하면 대중들도 당연히 기분 나쁘다. 그래서 지금까지는 그저 무시하고 있었지만 앞으로는 더욱 철저하게 무시하거나 아니면 적극적으로 증오하고 박해를 가한다. 그러면 불우한 예술가와 뮤지션은 점점 더 외곬이 되어가고 더더욱 미쳐간다.

이 경우, 불우한 예술가는 부당하게 권리를 빼앗기고 있는가? 물론 그는 아무것도 빼앗기지 않았다. 왜냐면 처음부터 아무것도 가지고 있지 않기 때문에 빼앗기고 자시고 할 게 없다.

술꾼도 마찬가지로 이 점을 알아야 한다. 위에서도 말했듯 인간은 자신의 저울에 '예술의 신', 혹은 실제로 존재하지 않는 추를 미리 올려 두고 있다. 자신이 '부당한 대우를 받았다.'는 것이 바로 그 추의 무게다.

그 추를 제거하면 저울은 멋지게 균형을 맞추므로 대체로 정당한 대우를 받고 있다는 생각을 하고 박해와 차별, 편견을 당하지 않으며 편안한 인생을 살 수 있다.

차 막힘에 휘말렸을 때 일어난 마음의 변화를 술꾼 → 예술가의 심리에 적용하면 부당하게 빼앗긴 것이 없다는 사실을 이해할 수 있을 것이다. 다음으로 넘어가자. 첫째, 원래부터 행복할 권리가 있었는가. 그리고 행복이란 무엇인가를 생각해 보고 인식 개조를 진행해 금주의 영광에 이르는 길을 걸어가자.

우리들에게
행복해질 권리 따위는 없다

숨꾼이 음주에 이르는 과정을 첫째, 행복할 권리를 가지고 있다. 둘째, 그런데 부당하게 이것을 빼앗겼다. 셋째, 그래서 원래 가지고 있던 행복할 권리를 행사할 수 있다. 이것으로 가정했을 때 둘째인 부당하게 빼앗겼다는 점에 의문이 생겨서 곰곰이 생각해 봤지만, 아무도 빼앗지 않았으며 다른 것과 마찬가지로 공평하게 취급 받고 있다는 사실을 알았다. 그런데도 부당하다고 느끼는 것은 자기애 때문이라는 점도 깨달았다.

다음으로 누가 봐도 음주에 이르렀다는 걸 뻔히 알 만한 셋째는 제쳐두고 원래 전제인 행복할 권리를 가지고 있다를 생각해 보자.

그런데 생각할 것도 없다. 그런 건 애초부터 없었으니까.

법률계에는 행복 추구권이라는 말이 있다고 한다. 바꿔 말하면 '제멋대로'라는 놈일 것이다. "나는 술을 마시는 것이 행복이니까 언제까지고 술을 추구한다."라고 말하는 녀석은 국가와 정부가 "그런 짓 해본들 재미없으니까 금지한다. 위반하면 처벌한다."라는 이유를 들이대도 말릴 수 없다. 추구는 제멋대로 하는 것이고 개인의 자유다.

단, 그것이 행복으로 이어지는지 어떤지는 아무도 모른다. 어디까지나 추구일 뿐이다. 나비 표본을 모으는 게 행복이라고 믿고 있는 남자가 행복해지는지 어떤지 아무도 모른다. 모으면 모을수록 여전히 부족하고, 부족하니 초조해지고 뜻대로 되지 않는 현실과 모으고 싶다는 마음 사이에서 우왕좌왕하고 그런 모습에 질려버린 아내와 아이는 떠나가고 나비가 생활의 중심이다 보니 돈벌이도 등한시해 버려 생계가 곤란해지고 경제적으로도 곤궁해지고 그 결과 나비 수집도 여의치 않게 되어 불만족스러운 채 죽는 경우도 적지 않을지 모른다.

이 사람은 나비 수집만 하지 않았더라면, 즉 행복 추구만 하지 않았더라면 행복해졌을지도 모른다. 그러나 본인 입장에서 말하자면 원하던 나비가 손에 들어왔을 때 행복했다고 말할지도 모른다. 남이 보면 비참하다고밖에 할 수 없는 인생이었지만 본인은 참으로 행복했다. 그것을 죽고 나서야 비로소 알았다. 이런 식의 문학 작품이 지금까지 많이 발표되었다(그런 것 같다).

즉 행복이란 어디까지나 주관적인 것이므로 본인밖에 모른다. 본인이 행복하다면 행복한 것이고 불행하다면 불행한 것이다. 아니 더 정확하게 말하면 이 또한 괴이하다. 인간은 어느 정도 자신의 감각을 도착적으로 속일 수 있으므로 지금 행복하다고 스스로를 세뇌시킴으로써 행복해지거나 혹은 그 반대가 될 수도 있는데 본인조차 잘 모르는 경우가 허다하다.

말하자면 행복이란 확연하게 판명되는 것이 아니며 그때그때의 뇌 상태에 지나지 않으므로 권리라는 말과 전혀 어울리지 않는다. 따라서 추구할 권리는 법이 보장하더라도 행복할 권리는 법이 보장하고 있지 않다. 솔직히 그런 것이 어찌 가능하겠는가.

그런데도 가끔 "사람은 누구나 행복해질 권리가 있다." 등과 같은 잘못된 의미를 짧은 문장으로 재잘거리고 자신이 몽테스키외 같은 계몽사상가라도 된 듯 일시적인 행복감에 취해

고주망태가 된다. 이러니 바보 천치가 생기는 것이다. 저 심플한 피리 소리 같은 짧은 문장에 동조하는 자도 적지 않다.

누구나 록 스타가 될 가능성은 있다. 하지만 록 스타가 될 권리가 있는 것은 아니다. 권리가 있다고 한다면 그건 직업 선택의 자유 등 개인에게 인정된 다양한 자유만 있을 뿐이다.

자, 이런데도 우리들에게 행복해질 권리가 있다고 할 수 있는가. 없다. 원래부터 가지고 있지 않은 권리를 부당하게 빼앗겼다고, 멋대로 착각하고 이를 회복한다며 술을 마시는 것이 교통 정체에서 겨우 빠져 나온 차가 엄청난 속도로 달리는 것과 완전히 동일하다는 점을 알았다.

이것이 인식개조론으로의 첫발이다. 즉 원래부터 없던 권리를 있다고 믿고 이를 회복하려고 하고 있다는 인식을 가지는 일이다.

그런데 이것에 만족하면 술을 끊을 수 없다. 왜냐면 사람은 그래도 행복을 더 추구하기 때문이다. 그리고 술꾼에게 행복이란 음주 행위와 그 결과 찾아오는 알딸딸한 상태다.

그렇기 때문에 그들은 내게 말할 것이다.

"까짓것 술 정도는 마시게 해 주라."

아아아, 물론 얼마든지 마셔라. 술을 마시고 또 마시고. 마신다면. 일본 최고의 이 창으으을 주지이이. 마실 수 있다며어 어언. 마셔 보시라아아아. 이렇게 해 보려고 아마존에서 창을 살까 생각한 적조차 있었다. 그러나 그 전에 물어보고 싶은 것이 몇 가지 있다.

먼저 도대체 '행복이란 무엇인가.'라는 것이다. 행복해진다는 건 어떤 것일까. 열심히 공부해서 취직하고 돈을 벌고 결혼하고 재산을 모아 자식에게 물려주고 편안하게 은거 생활을 즐기며 지식과 경험을 살려서 몇 가지 저술을 하고 또 취미 분야에서 젊은이들에게 주목받는 존재가 되어 훈장을 받고 높은 지위에 올라 마지막에는 손자들과 증손자들에게 둘러싸여 생을 마감하는, 그런 훌륭한 죽음을 맞이하는 건가.

그런데 말이다, 위에서 고찰했던 대로 행복이란 그때그때의 뇌 상태로, 오랫동안 지속되는 것이 아니다. 위에서 예로 든 사람도 평생 동안 눈이 핑핑 돌아갈 정도로 행복과 불행, 쾌락과 불쾌 사이를 왔다 갔다 했을 것이 틀림없다. 예를 들어 아름다운 여자를 아내로 맞이해 행복의 절정이었을 때도 있었다면 아내의 부정을 알고서도 말없이 참아야 했던 괴로운 시기가 있었을지도 모른다.

행복이란 것은 반복될 뿐 일단 행복해졌다고 해서 평생 동안 안락과 쾌락, 마음의 편안함이 보증되지는 않는다. 그런 행복이 있다고 믿고 여행을 떠났는데 일상으로 돌아와 비로소 행복을 발견했다는, 모두가 아는 《파랑새》와 같은 이야기도 있다. 위에서 말했듯 최근 행복권리론이 확산되고 있기 때문에 말도 안 되는 절대적 행복을 추구하고 그 권리를 가질 수 없다고 해서 자기 인식을 뒤흔들고 원래 가지고 있어야 하는 권리를 부당하게 빼앗겼다고 착각하며 불만을 토하는 사람이 증가하고 있다.

인식 개조를 위해서, 지겹게 몇 번이나 말해서 미안하지만, 절대적인 행복이란 것은 없다. 있다면 깨달음을 얻든지 발광을 하든지 죽든지, 그렇다. 이 중 하나라도 경험한 적이 없으므로 잘 모른다.

행복은 단독으로 존재할 수 없다. 항상 불행과 함께 존재한다. 불행이 있기에 비로소 행복은 행복으로 존재하며 불행이 없으면 행복도 없다. 단지 '보통, 평범'만 있을 뿐이다.

오늘도 내일도 또 그 내일도 찬밥과 채소 절임만 먹고 있으면 가끔 맛보는 요리가 그렇게나 맛있게 느껴진다. 사막을 헤매다 배가 고파 죽을 것 같을 때 마시는 물 한 잔은 더없이 고맙다. 늘 불행하다가 뜻밖의 행운이 찾아오면 기쁘기 그지없다.

굶어서, 너무 굶어서 영양이 결핍되어 있으니 먹으면 기쁘다. 넘치고 만족스러운 상태라면 전혀 기쁘지 않다. 이것이야말로 행복, 본연의 모습이다. 물질적 정신적 풍요로움은 사람을 행복하게 만들지 않으며 오히려 기준이 높아져 행복해질 가능성을 줄이기 때문에 불행해진다.

닭튀김 한 조각과 맥주 한 잔으로 '엄청난 행복'을 느끼고 있는 사람에 비해 맛있는 음식, 좋은 안주, 최상의 포도주를 앞에 두고 "입맛이 없네."라고 투덜대는 사람은 행복을 느끼는 범위가 상당히 좁다. 그런 이유로 절대적인 행복이란 존재하지 않는다. 그런데도 사람은 절대적인 행복이 존재한다고 믿고 이를 손에 넣으려고 한다.

행복해질 권리는 존재하지 않으며 행복도 존재하지 않는다는 걸 이제 알았다. 그렇다면 이 권리를 가지지 못했다고 술을 마시는 행동이 얼마나 무의미한지도 알았다. 그러나 그런 남자들, 여자들은 내게 틀림없이 말할 것이다.

"하지만 술 정도는 마시게 해 줘야지."

그래. 알고 있다니까. 인간은 행복해지고 싶어 한다. 아니, 행복한 기분을 느끼고 싶어 한다. "형용사라면 괜찮지 않나? 그건 행복 추구 권리의 범위에 들어가는 행복의 권리잖아." 그러면 나는 말한다.

"물론 되지. 마구마구 마셔. 단, 돈은 네가 내."

얼마를 지불하는지 앞에서 말했지만 절약하기 위해서라도 계속해서 인식을 개조해 나가는 것이 좋다.

그런 의미에서 그래도 마시고 싶어지는 이유는 행복한 기분을 느끼고 싶어서라고 말하지만, 왜 행복한 기분이 되고 싶은가 따져 보면 자신은 행복해질 가치가 있다고, 높은 기준을 설정해 두고 있기 때문이다.

그러나 세상을 아무리 둘러봐도 행복은 나 홀로 존재하지 않으며 항상 그에 걸맞은 불행이 존재한다. 즉 행복한 사람이 존재하면 어딘가에서 누군가가 그만큼의 불행을 짊어지고 있다는 말이다. 그래, 불행을 짊어지는 쪽이 아니라 그 반대편에 있고 싶은 거야 인지상정이니 비난받을 일이 아니다. 그러나 그렇게 되면 경쟁을 하게 되고 경쟁하면 승리와 패배의 법칙이 생겨나고 그 결과 대부분의 사람들이 불행을 짊어지는 쪽이 될 것이다. 진정한 행복은 이 세상에 존재하지 않는다는 사실을 알면 별 문젯거리도 되지 않지만 불행을 짊어지는 쪽, 패배한 쪽으로 가게 되었을 때 느끼는 패배감, 좌절감, 열등감이 남을 책망하게 만들고 영혼을 갉아먹는다.

마음을 위로하고 일시적이나마 다독여주는 것이 사람의 사랑, 자연의 아름다움이며 신앙을 가진 사람이라면 신과 부처의 자애, 예술 뭐 그런 것이지만 그중에서 가장 빠르고 강력하게 작용하는 것이 그래, 술이다.

"술은 눈물인가 한숨인가. 마음의 근심을 버리는 곳."

이 말은 술의 본질을 깔끔하게 표현하고 있다. 이 말의 밑바닥에는 패배한 쪽으로 분류되어서 분하다 → 없었던 것으로 만들어서 행복한 기분을 느끼고 싶다 → 아니, 이런 나도 맹렬하게 행복해지고 싶다 → 그러니까 술 정도는 마시게 해 주라 같은 생각이 깔려 있다. 이러한 프로세스를 자기 인식 개조를 통헤 비꿀 수 있다면 '술 정도는 마시게 해 주라'는 마지막 단계에서 '어차피 술을 마셔봤자 아무것도 되지 않는다.'는 지점까지 생각을 진행시킬 수 있다. 이 지점까지 왔을 때 아? 이상하네, 라고 알아차린 순간, 이미 자신도 모르는 사이에 짊어지는 대상, (환상으로서의) 상대적 행복을 얻은 쪽으로 가는 경우도 많다. 그럼 이 이야기를 해 보자.

나는 보통의
평범한 사람이다

얼마 전, 도쿄의 모 음식점에서 회의가 있었다. 넓은 입구로 들어가 다다미를 깐 복도를 지나서 아름다운 정원에 면해 있는 방으로 안내를 받았다. 마침 벚꽃이 피는 시기였다. 회의가 끝나고 식사를 하게 되었다. 음식점 직원이 식전술을 권하기에 거절했더니 "이것은 벚꽃으로 만들었으니 꼭 드셔 보세요."라고 했다. 그래도 나는 "됐습니다. 최근 2년 동안 술을 안 마시고 있습니다."라고 말했다. 그랬더니 직원이 "그래도 식전술 정도는 마셔도 되지 않습니까?"라고 비난 섞인 어투로 말하기에 기분이 상한 나머지 "여기는 마시고 싶지 않다는 손님에게 억지로 술을 권해서 마시게 합니까?"라고 약간 가시 돋친 말로 받아쳤고 언쟁으로 발전했는데 그 후의 일이 잘 기억나지 않지만 정신을 차리자 이상한, 병원 같은 곳 침대에 묶여 있었다. 몸을 움직였더니 여기저기 뼈가 부러졌는지 심한 통증이 온몸을 내달렸다. 그대로 있다가는 죽임을 당할 것 같은 기분이 들어 겨우 도망쳐서 지금, 진통제를 털어 넣고 이 글을 쓰고 있다.

이 이야기는 사실 거짓말이지만, 비슷한 경우가 있었다는 것만은 사실이다. 자, 그때, 그러니까 음식점 직원이 비난 섞인 말투로 반론을 했을 때 그것을 어떻게 생각하는가. 이것이 인식 개조의 입구다.

보통은, 그러니까 일반적으로는 "손님에게 그런 말을 해?!"라고 한마디 할 것이다. 여기까지는 일단 정당한 반응이다. 왜냐면 가게는 손님에게 서비스를 제공하고 그 대가로 이윤을 올리는 곳이기 때문이다. 손님이 필요는 없지만 돈은 내겠다고 했다면 굳이 서비스를 받으라고 강요할 필요는 없다. 이것은 서비스의 탈만 썼지, 서비스가 아니다.

상식의 범위에서 생각한다면 가게는 정의를 내세워 서비스를 실현했다고 할 수 없다.

물론 손님에게 엄격한 규칙을 요구하는 가게도 없는 건 아니지만 그 역시 손님이 희망하는 서비스 중 하나로 생각할 수 있다. 그런데 말이다.

　이것은 어디까지나 돈이 개입됐을 때 비로소 성립하는 논리로 그러니까 "돈을 지불하는 손님에게 그 태도가 뭐냐!"라는 주장이 성립되며 "종업원 입장에서 그런 말을 하다니, 괘씸하다!"라는 말도 어쨌든 아슬아슬한 선에서 성립이 되긴 한다.

　이때 "나는 너보다 우월하다. 너는 나보다 열등하다. 그러니까 네가 나에게 그런 식으로 말하는 것은 틀렸다."는 말은 성립되지 않는다. 왜냐면 그것은(자신에게 있어서는) 정의의 실현에 속하며 돈의 범주를 이미 넘어섰기 때문이다.

　그래서 만약 "당신이 누구에게 말을 하고 있는지 아는가."라고 꼴사납게 격분했다면 그 백그라운드에는 두 가지 사상이 있으며 이는 엄격하게 구별해야 하지만 대체로 한 인간에게 두 가지가 혼재하며, 그 비율을 따져보면 후자가 우세한 경우가 많다.

　인식 개조에서 중요한 건 물론 후자의 '정의 실현' 쪽으로 "돈을 지불하고 있는 손님이다."라는 전제는 일단 잊어버리기 바란다. 이때 착목하고 싶은 점은 괄호로 감싼 '자신에게 있어서는' 이라는 부분으로 곰곰이 생각했을 때 그것이 정말로 정의인가 하는 것이다. 이 경우에 대입해서 말하면 인간으로서 자신은 종업원보다 수준이 높고 아래의 인간이 위의 인간에게 건방지게 말하는 것은 도리에 어긋난, 정의롭지 않은 것인가 아닌가. 이 점을 생각하고 싶다.

그것이 정의인가 아닌가. 갑자기 이상해진다. 먼저 인간 수준의 경우에는, 경제적인 개념을 벗어났기 때문에 덕이 높은지 낮은지로 집결되는데 덕이 낮은 인간이 덕이 높은 인간에게 대등한 입장에서 말하면 안 되는 것인가? 확실하지 않다.

왜냐면 덕이 낮은 인간은 덕이 높은 인간의 가치를 모르기 때문에 존경할 수 없고, 덕이 높은 인간은 덕이 낮은 인간이 자신의 가치를 이해하지 못하기 때문이라며 화를 내거나 슬퍼하지 않는다. 이 자체가 상당히 덕이 낮다고 말할 수 있기 때문이다. 그러므로 덕이 낮은 인간이 덕이 높은 인간에게 무례하게 구는 것이 정의가 아니라고는 반드시 말할 수 없다.

다음으로 손님은 정말로 직원보다 수준이 높은가에 대해서 경제라는 한정된 측면에서만 생각한다면 봉사하는 자와 봉사 받는 자의 관계가 명확하게 성립된다. 그러나 당연한 이야기지만 사람과 사람은 경제로만 연결되어 있지 않으며 인간은 다양한 국면과 상황에 처해 있다. 이를 종합적으로 가미하고 감안하지 않으면 인간 수준의 높고 낮음은 판단할 수 없다.

장기 실력이 엄청나게 뛰어나서 대응할 자가 없는 사람도 메밀 면 만드는 교실에서는 동네 아줌마보다 한 수 아래다. 당연하다. 인간은 장기, 메밀 면 만들기만 하고 살아가는 게 아니므로 인간 수준의 높고 낮음은 쉽게 판단할 수 없다.

설화를 읽어보면 관음보살이 최하층, 가장 밑바닥에 있는 인간으로 이 세상에 온다는 이야기가 많다. 가장 하잘것없는 인간이 되어 이들을 박해한 인간은 인과응보로 가축이 되지만 그 반대로 행동한 인간은 현세에 복을 받는다. 지금 여러 사람들이 최하층민이라고 생각하여 괴롭히고 바보 취급 하는 사람들이 관음보살이 아니라는 보장은 어디에도 없다. 어쩌면 이 세상 인구의 4분의 1 정도가 관음보살일지도 모른다.

그 정도로 인간 수준은 판단하기 어려운 것이다.

이렇게 말하면, "하지만 말이지, 너, 대략적인 기준은 있을 거 아냐. 그게 그래, 학력이라든지 경력, 사회적 지위 같은 거. 경제만 고려한 쏠림의 법칙이라고 할 수도 없고 본인이 구축해온 것이니까 판단 기준이 되지 않나? 뭐, 말하자면 나처럼 도쿄대학을 나와서 지위와 재산을 쌓아온 사람과 중학교만 나와서 펑크 로커가 되더니 악평과 빚만 산더미처럼 가진 자, 어느 쪽이 인간으로서 수준이 높지? 결과에서 역산할 수 있지 않나?" 이렇게 말하는 사람이 나올지도 모른다.

그것도 뭐 어떤 의미에서는 잘못된 생각은 아니지만 한 가지 간과하고 있는 점이 있다. 뭐냐면, 시간 속에서 살고 결국에 늙어서 죽어가는 인간은 상태를 유지할 수 없다는 것이다.

예를 들어 운동선수가 국제 대회에서 세계 신기록을 세웠다고 하자. 그때 "해냈다! 이것으로 만족한다."라며 유명 초밥집에 가서 장어, 연어알, 참치 뱃살과 같은 것을 배터지게 먹고 그 후 유흥주점으로 가서 신나게 즐기다가 연습을 아주 안 하게 되면 어떻게 될까. 당연히 다음 대회에서는 예선 탈락한다.

즉 엄청나게 고생해서 어떤 상태를 달성했다고 하더라도 그 고통스러운 것을 그만두는 순간 모든 것이 도로 아미타불, 평범한 일반인과 같아진다.

뇌도 몸의 일부인 이상 마찬가지다. 피터지게 열심히 공부해서 도쿄대학 법학부를 수석 졸업했지만 그 후 술과 온천, 여자, 돈, 음식 이외에는 쳐다보지도 않고, 예외적으로 머리를 쓴다는 게 회사의 인사 관리 정도인 일상을 보내면 보통 인간보다 아래, 바보가 되어 버린다.

그런데 취직 시험 같은 것은 바보가 되기 전에 치르니 일단 신분을 얻으면 그 지위는 어느 정도 보증되므로 위에서 말했듯 "나는 인간으로서 수준이 높다."라는 말을 하고, 또 세상 사람들도 수긍한다.

그러나 진정한, 인간의 됨됨이는 보증할 수 없다.

무슨 뜻이냐면, 나는 그런 상태가 된 적이 없으므로 모르지만 소위 깨달음과 비슷하지 않을까 유추해 본다.

"아, 깨달았다."

이는 순간적인 것으로 그 직후부터 또 다시 혼미함이 시작된다. 그러나 그 깨달음을 어떻게 해서든 다시 한번 거머쥐기 위해 그리고 조금이라도 오래 끌 수 있도록 각자가 각각의 방법으로 열심히 수행한다. 뭐 그런 거와 비슷한 게 아닐까 싶다. 아니면 이야기가 또 삼천포로 빠지지만 나카무라 추야*가 어떻게 해서든 잡으려고 했던 '단어=시=노래'도 그런 종류가 아니었을까.

잠깐, 내가 지금 무슨 이야기를 하고 있는 거지? 그래, 그런 거니까 인간의 사회적 지위나 명예는 인간 수준의 높낮음을 정하는 기준으로는 적당하지 않다는 점을 말하고 싶다.

---

* 中原中也, 1907~1937, 일본의 시인

그렇다면 말이다. 각자 자신의 수준을 어떻게 종합적으로 판단하면 될까. 어떤 오류도 없는 방법이 있다.

그것은 '보통, 평범'이라고 판단하는 것이다.

오해하기 쉽겠다. "자, 그 보통, 평범 판단에서 제외되는, 보통이 아닌 인간은 도대체 뭐냐아아!"라고 외치며 "여성 전용 차량 승차를 허가하라!" "남탕과 여탕을 하나로 만들어라!" "도효*에 들어가게 해라!" "오미네산** 등산을 허락해라!" 등 다양한 취향이 아닌, 주장이 각 방면에서 분출하고 여기저기서 불길이 치솟아 초열지옥 같은 광경을 보게 될지도 모른다. 하지만 그런 걸 말하는 게 아니라 보통, 평범이라는 것은 대다수, 가장 숫자가 많다는 의미에서의 보통, 평범과 인간이 본래 생각하는 범위 내, 이 두 가지 의미에서의 보통, 평범을 말하는 것으로 부여된 다양한 조건들의 이야기가 아니다.

맞으면 아프다, 밥을 먹으면 배가 부르다, 배가 부르면 졸리다 라든지 칭찬 받으면 기쁘다, 타인의 성공이 부럽다 라든지, 돈을 벌고 싶다, 애인이 있으면 좋겠다, 사람을 지배하고 싶

---

* 스모 경기를 하는 판. 여성은 입장이 금지되어 있다
** 여성은 입산이 금지된 나라현의 산

다와 같이, 몸과 마음의 움직임이 있다는 점을 생각하면 거의 대부분의 사람들이 '보통, 평범'하다고 말할 수 있다.

그럼 왜 소수의, 보통이 아닌 사람이 나타나느냐 하면 위에서 말한 다양한 여러 조건이 우연히 겹친 결과, 보통이 아닌 정도로 돈을 버는 사람, 보통이 아닌 정도로 인류에 공헌하는 사람 혹은 몇 백만 명에 이르는 사람을 죽이는 등 보통이 아닌 정도로 사람에게 피해를 주거나 보통이라고는 생각할 수 없을 정도로 그림을 잘 그리거나 멋진 음악을 만드는 사람이 나타난다.

그러나 걱정할 필요 없다. 그런 사람은 지극히 드물며 이 글을 읽는 사람들은 자신을 '보통, 평범'이라고 판단해도 사는 데 아무런 지장이 없다.

그런데 말이다. 요 몇십 년 동안 나쓰메 소세키가 《나는 고양이로소이다》에서 근대화의 끝을 예측한 대로 개인의 권리, 개인의 자유라는 것이 충분히 신장되어 그 결과 지금의 세상은 금력이 횡행하는 세상이 되었고 거기에 들러붙어서 다양한 장사를 하는 자도 늘었다. 이에 상승효과로 지금은 보통, 평범 정도로는 만족할 수 없다는 사람들이 늘어났다.

하지만 위에서 말했듯 우리들의 마음은 대개 보통, 평범이라고 말할 수 있다. "아니, 나는 저녁에 다리 위에서 새까만 강을 한 시간 정도 바라보는 것을 좋아하지. 그걸 평범하다고 할 순 없지."라든지, "나는 묶여서 쓰러진 채 채찍으로 맞고 뜨거운 촛농이 몸에 떨어지면 엄청난 희열을 느껴. 이상하지."라고 말하는 사람도 여러 조건이 겹쳐져서 그렇게 된 것이니 여기에서는 아주 보통, 평범이라고 생각해도 된다.

다시 말하지만 나 자신은 보통의 평범한 인간이라는 것이 자기 인식 개조의 첫발이다. 이것은 말이다, 엄청나게 자의식 과잉인 인간을 제외하면, 딱히 어려운 일이 아니다.

우리들은 여기에서 출발한다.

내 영혼의 적정값에
눈을 뜨다

그러나 "자기애에 빠지지 마라. 너는 보통의 평범한 인간이다."
라고 말하면 대다수의 사람들이 "나는 자기애에 빠지지 않았
다. 보통의 평범한 인간이라고 생각한다."고 말할 것이다.

그렇다면 차 막힘이나 열차의 지연, 세금 징수 등에 분노를
느끼는 일은 없을 터이고 사회는 개인을 공평하고 공정하게
취급해야 한다는 것이 자신은 공평하고 공정하게 대우 받아야
한다는 말이 된다. 그런데 완전하게 공평한 사회란 존재하지
않으며 불공정은 어디에서나 쉽게 찾아볼 수 있고 그것을 보
고 자신은 공평한 대우를 받고 있지 않으며, 손해를 보고 있다

고 생각하기 십상이다. 그런 식이니 "보통은 이렇지 않을 것이다."라고 생각하게 된다.

1박에 3만 원 하는 호텔에 숙박하면서 예전에 묵었던 1박에 30만 원 하는 호텔과 동일한 서비스를 요구하는 것은 어불성설이다.

3만 원 하는 호텔과 30만 원 하는 호텔을 모두 알고 있는 사람은 차이를 안다. 그러나 30만 원짜리 호텔만 알고 호텔이란 이런 것이라는 개념이 박혀 버린 사람은 3만 원 하는 호텔에서 "그 정도는 당연한 서비스다, 이 자식들아."라며 화를 낸다.

한편 3만 원짜리 호텔만 아는 사람은 "이야, 역시 늘 묵는 곳이라고 편하군."이라고 생각하며 편안하게 잠을 잔다.

이 경우 누가 더 행복할까. 3만 원짜리 호텔만 아는 사람이다. 자아라는 게 있어서, 또 3만 원 호텔도 30만 원 호텔도 아닌, TV 광고나 인터넷에서 18만 원 하는 호텔도 알고 8만 원에 아침 뷔페까지 먹을 수 있는 호텔도 알고 또 조기 예약 할인, 인터넷 할인 등 다양한 할인 프로모션도 있다는 것을 알고 싶지 않아도 알게 되는 환경에 처해 있어서, 우리들은 사실 무엇이 3만 원짜리인지 무엇이 30만 원짜리인지 판단할 수 없으며 항상 자신이 초과 지불하고 있는 건 아닐까, 손해 보고 있는 건 아닐까, 라는 삐딱선을 타게 된다.

다양한 정보를 접하고 있지만 실은 30만 원짜리 호텔도 모르고 3만 원짜리 호텔도 모르며 그저 어딘가에 분명, 가격은 3만 원이지만 30만 원의 가치가 있는 호텔이 있을 거라며 그것을 '보통'이라고 생각하게 되어 버린다.

참으로 불행하고 또 불행한, 그래서 더더욱 불행한 존재다.

절약하느라 3만 원짜리 호텔에 묵어도 불만스럽고 열심히 일한 돈으로 30만 원짜리 호텔에 묵어도, 그건 그것대로 불만이 생긴다.

그러나 한 번 알게 된 것은 잊지도 못한다. 아니, 꼭 잊고 싶다면 방법이 없지는 않다. 뇌를 부숴 버리면 된다. 뇌를 부숴서 바보가 되어 버리면 쓸데없는 것은 잊고 3만 원이든 30만 원이든 상관없이 즐겁게 지낼 수 있다.

그러나 이럴 일은 없다. 왜냐면 나도 모르게 뇌의 일부분만 부숴 버릴 수는 없으며 일반인이 잘못 부쉈다가 뇌 전체가 박살 나서 예약이나 체크인도 제대로 못 하는 상태가 될 가능성이 아주 크기 때문이다.

그럼 부숴버리지는 않고 마비시키면 어떨까. 마비라면 뇌 상태는 그런대로 유지하면서 그럭저럭 즐길 수 있다. 이것이 바로 음주의 메커니즘으로 앞에서 언급했듯이 마비되어 있는 동안, 존재하지 않았던 것으로 취급했던 정보는 자신의 속에 사라지지 않고 있으며 거기에 이자가 더해져서 속에 남는다. 이것을 인식하는 것이 괴로워서 또 마비시킨다. 부채는 눈사람처럼 증가하고 음주 지옥, 소주 지옥에서 빠져나올 수 없게 된다. 실상이 이러니 이 방식은 채택하지 않는 편이 좋다.

그래서 지금 자기 인식 개조를 하고 있지 않나.

호텔에 비유해서 말해보자. 자신의 영혼이 머무는 곳은 도대체 1박(평생)에 얼마일까. 앞에서 얘기했듯이 지극히 평범한 호텔이다.

이 말은 무슨 뜻일까. 대부분 다음과 같이 생각한다.

뭐, 보통의 평범한 서민이니까 30만 원은 아닐 것이고 그렇게 고귀한 영혼이 아니라는 점도 너무나 잘 알고 있다. 그렇다고 해서 3만 원은 괴롭다. 그러니까 뭐, 1박에 한 8만 원? 최소한 그 정도 되는 곳이면 좋겠다.

그래, 당연한 생각이다. 그래도 실제 가격과는 여전히 괴리감이 있어서 솔직하게 말하면 신이 설정한, 또는 수요와 공급의 균형에서 산출되는 영혼의 호텔은 3만 원에서 5만 원 수준이다.

그러나 대부분의 사람들은 8만 원 정도가 자신의 영혼에 어울린다고 생각하니 망상은 부풀어 오르기만 할 뿐이다.

그러나 평생에 한 번뿐인 여행, 아니 한 번만 묵는 곳이니까 가능한 좋은 곳에 묵고 싶다. 8만 원짜리 객실도 사실 좁고 시설도 낡았고 인테리어도 세련되지 못했다. 서비스도 안 좋다. 오션 뷰도 아니다. 즐겁지도 않다. 그러니까 가능하면 12만 원, 아니 한 번밖에 없으니까 18만 원짜리 객실로 옮기고 싶다. 그러면 인생이 훨씬 즐겁고 풍요로울 것이고 죽을 때 "아~, 좋았다. 행복한 인생이었다."는 생각이 들 것이다.

그 증거로 보라, 30만 원짜리 객실에 묵는 사람들의 즐거워하는 모습을. 같은 인간으로 태어나서 8만 원짜리 허름한 합숙소 같은 곳에 넣어지면 너무나 괴롭고 슬프지 않은가.

그러니 나는 조금 무리해서라도 18만 원짜리 객실을 목표로 한다. 아니, 마음먹었으니까 30만 원, 아니다. 1박에 300만 원 하는 스위트룸에 묵는 것도 염두에 두고 있다.

뭐 이런 중증이 다 있지?

이것을 가능하게 만드는 방법은 한정되어 있다. 먼저 주주 우대권, 무료숙박권 같은 것을 손에 넣어야 하지만 영혼의 호텔에는 그런 것이 없으며 할인 쿠폰도 없다.

그렇다면 어떻게 하면 좋을까. 알기 쉽게 금액으로 표시했지만 실제 호텔이 아니므로 돈을 번다고 될 일도 아니며 원래 가지고 있는 영혼의 품격, 지위가 올라가지 않는 이상 그에 어울리는 객실에 묵을 수 없다.

즉 아메리칸드림 같은 대박 이야기가 아니라 18만 원짜리 방에 묵으려면 그에 어울리는 영혼이 되기 위해서 수행을 하고 교양을 쌓아야 한다, 이 말이다.

그래. 남이 고급 호텔에 묵으면 부럽고 나도 그렇게 되고 싶다는 생각이 마구마구 든다. 인생을 즐기지 않으면 손해다, 나는 손해를 보고 싶지 않다, 남보다 이득을 보고 싶다, 맹렬하게 이득을 얻고 싶다 등등을 생각하는 것은 탐욕으로, 영혼이 지위를 끌어내리는 역효과가 있다. 30만 원짜리 객실을 노리고 있지만 실제로는 8만 원→5만 원→2만 원으로 영혼의 호텔은 점점 초라해져 간다.

현실적으로 1박에 얼마짜리 호텔에 묵는지는 별로 상관관계가 없어 보인다. 현실에서는 1박에 100만 원짜리 객실에 묵지만 영혼은 1박에 2만 원 하는 게스트하우스에 숙박하고 있는 예가 널리고 널렸다.

몇 번이고 말해서 식상하지만, 그렇게 되는 것은, 자신이 생각하는 평범함 이상의, 즉 8만 원 이상의 영혼의 호텔을 예약하든지 예약하려고 하고 있기 때문에 일어나는 현상이다.

이것을 3만 원짜리의 평범한 호텔로 끌어 내리는 것이 바로 인식 개조다. 이 말을 듣고서, "뭐어어어? 안 돼, 절대 안 돼. 3만 원이라니, 나 같은 사람한테 안 어울려."라고 말하는 사람은 1박에 30만 원짜리 객실에 묵고 계속 술을 퍼 마시면 된다.

"생각 좀 해 보자. 정들면 고향이라고도 하니까 3만 원에는 3만 원의 장점, 즐거움이 틀림없이 있겠지."라고 생각한 사람은 인식 개조를 계속하면 된다.

그러면 지금부터 드디어 인식 개조의 핵심 부분으로 들어간다. 어디부터 손을 대면 좋을까. 실은 사람에 따라 다르지만 하나의 예로 '정들어 살면 고향. 3만 원에는 3만 원의 장점, 즐거움이 틀림없이 있다.'고 생각한 사람을 개조의 입구로 데리고 가자.

그럼 말하겠다. 잘 듣도록.

3만 원짜리 객실에는 좋은 점도 없고 즐거움도 없다. 있는 것이라곤 고통뿐이다.

이 말을 듣고 경악하는 사람들이 많지 않을까 싶다. 왜냐면 이때 설득력 있는 논리라면 대체로 위에서 언급한 '3만 원에는 3만 원의 좋은 점이 있다.'라는 생각을 뒷받침하는 근거여야 한다. 다만 그런 것은 물질지상주의적인 생각이며 그런 것을 추구하면 허무해진다. 그런 것을 추구한 결과 지금 문명은 길을 잃고 헤매고 있고 최후를 맞이하려 하고 있다. 그런 시대이기에 우리들은 정신적인 풍요로움을 추구해야 한다. 3만 원? 꽤 괜찮지 않나? 가모노 초메이*라는 사람은《호조키》라는 책을 저술했는데 '호조方丈'란 엄청나게 좁은 방을 말한다. 그 좁은 방에서 깊은 사색에 빠지고 자연을 사랑하고 음악에 귀를 기울이고 서적을 가까이 했다. 이것이야말로 미래의 이상적인 생활이다. 3만 원짜리 객실에서 담배를 피우고 샴페인을 마시고 미인과 희희낙락하고, 그런 건 있을 수 없다, 이런 썰을 막 풀어 젖히는 것이 지금 세상에서 그럭저럭 지지를 받으며 그런 내용의 책이 가끔 70만 부 정도 팔리고 저자는 강연 여행에 나서고 60만 원짜리 객실에 묵으며 최고급 프랑스 요리를 맛볼 수 있다(는 경우도 있다).

* 鴨長明, 1155~1216, 일본의 시인, 수필가

하지만 아니다.

당연한 말이지만 돈을 팍팍 벌어서 도심의 고급 맨션에 살고 매일 밤 고기를 먹으러 다니라는 말이 아니다.

그 어느 쪽도 아닌 다른 방향으로 향할 수 있도록 인식을 개조하면 술을 끊을 수 있다는 말을 하고 있는 것이다.

'인생은 즐겁지 않다'고
몇 번이고 말하자

세상에는 1박에 300만 원 하는 객실에 묵고 샴페인을 마시는 사람도 있지만 나는 1박에 3만 원 하는 싼 호텔에서 잡탕 술이나 마시고 있다. 그런데 말이다, 하룻밤이라면 괜찮지만 이 세상에서 영혼이 깃든 육체의 완성도가 고작 3만 원이라면 말로 표현할 수 없을 정도로 괴로운 일이다.

이것을 푸념하는 사람에게는 "아니아니, 이 세상은 꿈의 세계. 지속되는 것이 아닙니다. 즉, 덧없는 것. 따라서 한탄할 필요 없습니다. 3만 원에서 즐거움을 발견합시다. 들이나 산으로 가 봅시다. 무농약 채소를 먹읍시다."라며 회유하는 것도, 혹은

"좋았어. 그렇다면 말이제, 나도 말해 불제. 나미다바시 다리를 거꾸로 건너븐다고. 일단 말이제, 투자 세미나에 가불랑게. 자신을 높이믄서 얼매든지 법을 어기지 말고 돈을 벌어 불자고."라고 파이팅하는 것도, 모두 술을 끊는 것으로는 이어지지 않는다고 말했다.

왜냐면 두 인식의 근저에는 공통되는 커다란 인식이 있으니 그 인식이야말로 음주의 원인이다. 그 인식이 무엇이냐면, 바로 이것이다.

원래 인생은 즐거운 것, 또는 즐거워야 하는 것.

이 인식을 개조하는 것이야말로 인식 개조의 최전선에서 가장 중요하다.

그러면 어떻게 개조해야 하느냐면, 그래, 원래 인생은 고통스러운 것이다,라고 개조해야겠지만 지금까지 인생은 즐거운 것, 혹은 즐거워야 하는 것이라고 생각하던 사람이 단번에 그렇게 개조되기란 참으로 괴로울 것이다, 그러므로 일단 현 단계에서는,

원래 인생은 즐겁지 않은 것.

이 정도로 해두자. 그러나 이에 승복할 수 없다는 사람이 많이 있을지도 모르겠다. 예를 들어 국제 스포츠 대회에 나가기 위해서 외국으로 출국하는 선수가 취재에 응하는 모습을 보면 싱글벙글 웃으며 "즐기고 오겠습니다."라고 말한다.

일반적으로 생각하면 스포츠 시합은 일상생활에서는 상상도 못할 정도의 부하와 부담을 몸에 가하기 때문에 틀림없이 괴로울 것이다. 200kg의 덤벨을 들어 올리거나 100m를 10초에 달리는 일을 민요나 익살스러운 춤을 추듯 실실 웃으며 즐기면서 하다가는 절대로 목표를 달성할 수 없다.

천성과 소질에 추가로 피와 살을 깎는 노력과 단련이 필요하다는 사실은 옆에서 보고 있기만 해도 쉽게 알 수 있다. 그리고 그런 일을 해 왔던 사람들 중에서 고르고 고른, 이른바 독한 사람들이 집결하는 것이 국제 대회로 엄청난 천재가 아닌 이상 경기를 즐길 여유 따위 없을 것이다.

그런데도 "즐기고 오겠습니다."라니, 도대체 왜 이런 말을 할까. 그런 경기를 경험한 적이 없는 나로서는 잘 모르지만 추측해 보건대, 경기에서 가장 중요한 목표를 향해 있거나 혹은 한창 경기를 하던 중에 순간적으로 자신과 타인, 생사를 넘은 열반의 경지에 도달해 "즐겁다!"라고 느끼고 그 순간을 맛본 선수들이 나중에 이를 떠올리며 "긴장도 중압감도 없이 단지 경기를 즐겼습니다. 그리고 갑자기 정신을 차리니까 1위가 되어 있었습니다."라고 말하는 것을 다른 선수가 듣고 흉내 낸 것이 아닐까.

그러나 흉내는 어차피 흉내일 뿐. 아무리 즐기려고 해도 실제로는 좀처럼 즐길 수 없으며 오히려 괴롭거나 끔찍할 것이다. 여러 조건이 동일하다면 동일한 결과가 나올 것이다. 그런데 그 조건이라는 것이 다 다르다. 태어난 해도 성격도 몸도 하나부터 열까지 어느 것 하나 똑같은 게 없다. 그래서 똑같은 것을 했다고 같은 결과가 나온다고 단정 지을 수 없다. 그런데도,

"저 사람은 시합을 즐겼기 때문에 우승했다. 즐기지 않으면 우승할 수 없으니까 우승을 하려면 즐겨야 한다. 다시 말하면, 즐기면 우승할 수 있다."

이렇게 해석하는 사람이 상당히 많을 것이다. 그러나 반대로 말하면, 그래, 말이 반대가 되면 원인과 결과가 뒤바뀐다.

멍청하게 들리겠지만 스포츠만이 아니라 다른 분야에도 이런 유의 이야기가 많다. 이미 인정받은 예술가가 매일 하고

있는 것을 똑같이 하면 자신도 훌륭한 예술작품을 만들 수 있다고 믿는 예술가 지망생이 많고 비즈니스 분야에서 성공한 사람의 경영철학을 배우고 그 철학을 실천하면 자신도 엄청난 부를 축적하고 부자유를 모르는 생활을 할 수 있다고 믿는 사람도 적지 않다.

하지만 그런 건 없다. 왜냐면 그 일은 그 사람에게만 일어났으며 아무리 똑같은 일을 실천했다 하더라도 다른 사람에게는 다른 결과가 나오는 것이 당연지사기 때문이다.

움직이고 있는 배 위에서 물속으로 뭔가를 떨어뜨린 후 서둘러 뱃전에 표시를 하고서 분명 이 지점에서 떨어졌다며 물속으로 들어가 찾는 것만큼이나 의미가 없다.

이런 식으로 잘못된 방법론을 믿는 사람이 많다. "즐기지 않으면 우승할 수 없다. 우승하기 위해서는 즐겨야 한다."는 생각은 의외로 사람들에게 강한 인상을 남겼고 다른 분야에까지 확산되어 있다.

아니, 이 또한 반대로, 원래 사람들 사이에 이미 '즐기는 것=선, 괴로운 것=악'이라는 생각이 언어화되지 않은 형태로 만연해 있었는데 어떤 유명한 사람이 언어화하는 바람에 급속도로 확산된 것일지도 모른다.

이유가 어떻든 간에 이런 생각이 빠른 속도로 전파되었다는 것만은 틀림없는 듯하며 이전과는 비교할 수 없을 정도로, 사람들이 '즐긴다.'라는 말을 입에 자주 올린다.

가령 예전에는 여행을 간다고 하면 대체로 "조심해."라든지 "물이 바뀌면 배탈 나니까 조심해." 등 무사와 안전을 기원하는 인사를 했지만 최근에는 대체로 "맘껏 즐기고 와."라고 말한다.

혹은 콘서트에 출연하는 뮤지션에게도 "열심히 해!"라고 격려하는 것이 아니라 "즐기고 와!"라고 말을 하는 경우가 많다.

물론 이것은 스포츠 경기가 아니라 음악이므로 그래도 된다고 생각할 수 있지만 그렇지 않다. 실은 스포츠 경기와 음악은 닮은 부분이 있다. 어떤 것인가 하면 잘하는 사람이 즐겁게 연주하면 듣는 사람도 그에 비례해서 즐겁지만 실력이 별로인 사람이 즐겁게 연주를 하면 듣는 사람은 괴로워진다.

그러므로 적당히 즐기면 좋겠지만 어느 쪽이 더 낫냐고 하면 힘들게 연주하는 편이 듣는 쪽으로서는 조금 편할지도 모른다. 하지만 앞서 말한 '즐거운 것=선, 괴로운 것=악'이라는 생각에 다들 푹 젖어 있기에, 이것이 운명의 갈림길이 되어 버려 결국 연주자가 즐겁게 연주하는 바람에 청중은 도탄에 빠지고 고통을 맛보게 된다.

그리고 이런 생각이 확산된 결과, 인생도 즐겨야 한다는 강박관념을 가지게 되었고 결국 '인생을 즐긴 자=승자, 인생을 즐기지 못한 자=패배자'라는 공식이 성립되어 사람들은 경쟁하듯 인생을 즐기려고 하고 또 인터넷에 사진이나 동영상을 올려서 남들에게 알리고 주장하는 일들이 강박관념을 더욱 심하게 만들고 있다.

이것이 기만의 일종이라는 점만은 틀림없다. 왜냐면 진정한 즐거움을 한창 즐기고 있을 때 사람은 지금 얼마나 즐겁지? 와 같은 생각을 하지 않으며 그것을 기록하고 증거로 남기려고도 하지 않으니까. 그런 즐거움은 추구한다고, 또 돈을 지불한다고 얻을 수 있는 것이 아니라 어느 날 갑자기 예고 없이 찾아온다.

즐기지 않으면 패배자가 된다는 두려움 때문에 탐욕스럽게 추구하는 즐거움은 진정한 즐거움이 아니지만 일단 그런 마음이 들면 좀처럼 지울 수 없는 몇 가지 관념, 생각이라는 것이 있다. "인생은 즐거운 것, 즐거워야 하는 것"이라는 생각은 그중에서도 가장 확고한 것이다.

왜냐면 승패, 득실이라는, 사회적 동물로서의 생존 전략에 관련된 문제이기 때문이다.

그렇게 생각을 했을 때, 아니, 그런 생각을 하기 때문에, '인생은 즐겁지 않은 것'이라는 인식 개조가 필요하다. 잘못된 인식하에 행동하면 당연한 말이지만 패배하기 때문이다.

그러나 즐거운 것을 부정할 필요는 없다. 살아 있으면 즐거운 일도 있을 것이다. 그러나 잊어서는 안 되는 것은 그 순간이 원해서 얻어지는 게 아니라 갑자기, 우연히 찾아오고 즐거운 일이 있으면 그와 동일한 비율로 괴로운 일도 생기며, 괴로움과 즐거움은 늘 그렇게 균형을 맞추고 있다는 점이다.

즐거운 시간은 짧게 느껴지고 인공적으로 즐거움을 추구하면 즐거움이 즐겁게 느껴지지 않으며 괴로운 시간은 길게 느껴지므로 주관적으로 인생은 괴로움만 있다. 이것이 현실이다.

이를 인정하면 인생이 너무나 비참해진다, 역시 탐욕적으로 즐거움을 추구하고 싶다, 한정된 인생을 의미 있게 살고 싶다고 말하는 사람도 있을 것이다. 그러나 이것을 극복할 수 없는 한, 인식을 개조하지 않는 한, 술은 끊을 수 없다. 방법이라면 이미 말했듯 "나는 특별한 인간이 아니다→즉 보통의 평범한 인간이다→인생은 즐겁다."에서 "나는 특별한 인간이 아니다→보통의 평범한 인간이다→인생은 즐겁지 않다."의 과정을 몇 번이고 반복하는 것 외에는 없다.

왜냐면 나는 타인과 다르다는 인식이 보통의 평범한 인간이라는 인식을 잊어버리게 만들기 때문이다. 이 연습을 반복하는 것이 인식 개조의 첫발이며 몇 번이고 이 지점으로 되돌아오는 것이 무엇보다 중요하다.

나는 바보다

나는 평범한 인간이다. 그리고 원래 인생은 즐거운 것이 아니다. 이 지점까지 오면 어려운 '자기 인식 개조'까지 이제 한 걸음 정도밖에 남지 않았다.

그러나 이 한 걸음을 내딛는 것은 진짜 어렵다. 왜냐면 거기에는 큰 틈이 있으니까. 그러므로 눈대중을 잘못하면 애써 힘들게 자신은 평범한 사람이다, 평범한 사람의 평범한 인생은 원래 즐겁지 않다는 지점까지 왔는데 어두운 틈에 빠져서 반대 방향으로 되돌아가게 된다. 그리고 그 틈 아래에 있는 것은.

그렇다. 눈이 어지러울 정도로 밝고 즐거운 술 지옥이다.

절대로 눈대중을 잘못해서는 안 된다. 호흡을 가다듬고 흥분을 가라앉히고 의식을 집중해서 무심의 비약을 해야 한다. 그리고 결코 초조해져서는 안 된다. 마음의 준비도 없이 공포만을 떠안고 냅다 내달려서 날아가 버리면 안 된다.

이쯤에서 지금까지 걸어 온 길을 다시 한번 되돌아보자. 우리들은 왜 술을 마시는가. 그것은 지금껏 부당하게 빼앗겨온 권리를 회복시키기 위해서다. 그 권리란 무엇인가.

"우리에게는 매일 즐겁게 생활할 권리가 있다. 그런데도 오늘 하루, 별로 즐겁지 않았다. 먹고 살 돈을 버느라 정신없이 지내는 바람에 나를 위한 시간이 단 1초도 없었다. 인간은 24시간을 히루로 살고 있다. 그렇다면. 나는 오늘 하루 중 나를 위한 시간을 만들어야 한다."

나를 위한 시간에서 가장 손쉽고 간편하고 효율적인(이라고 생각되는) 것이 음주다.

그러나 우리들은 부당하게 권리를 빼앗긴 것이 아니다. 왜냐면 그런 권리는 애초부터 없었으니까. 법으로 행복 추구 권리를 인정받고 있지만 행복의 권리를 저절로 인정받는 것이 아니기 때문이다.

그러면 왜 우리들은 행복의 권리를 가지고 있고 즐겁게 살아야 한다고 생각하는가. 그것은 우리들이 자기 자신을 보통, 평범, 평균보다 아주 조금 위에 존재하고 있다고 생각하기 때문이다. 또 그 배경에는 인생의 승자와 패배자를 가지고 있는 돈의 많고 적음으로 엄격하게 구별하고 즐겁게 살지 않으면 패배자라는 강박관념에 사로잡혀 있는 사람들이 증가했기 때문이다.

그러나 우선 자신은 평균보다 위가 아니라 훨씬 보통이고, 냉정하게 따져보면 사람의 인생이란 즐거울 때와 괴로울 때가 공존한다고 말하고 싶지만 실은 인간에게 자아라는 게 있다는 점 때문에 괴로울 때가 많다. 그 기저에는 자신의 의지로 태어난 것이 아닌데도 불구하고 삶에 대한 집착, 죽음에 대한 공포가 뇌에 이미 입력되어 있기 때문이다.

즉 보통, 평범한 인간의 인생은 원래 즐겁지 않다. 그렇다.

그러나 그렇게 인식했다고 해서 진정한 자기 인식 개조가 되었다고 말할 수 있는가 하면 지금 말했던 대로 아직은 아니다. 왜냐면 "평범하다면 평범하게 술을 마셔도 되잖아. 나는 보통의 평범하고 약한 인간이야. 약한 인간에게 위로와 도움이 필요하잖아. 내가 뭐, 왕후 귀족들이 누리는 즐거움을 추구하는 게 아니잖아. 매일 일 끝나고 저렴한 술집에서 살짝 구운 오징어를 안주 삼아 두세 잔 마시는, 그 정도의 즐거움도 허락하지 않겠다는 건 말이 안 되지. 나 무슬림 아냐. 예수님. 어때? 그 언저리 말이야. 예수님, 술 꽤 마시지요? 하늘에 계신 우리 아버지도 그 정도는 허락해 주실 거죠? 근데 말이야, 나, 기독교인도 아냐. 부모님은 불교. 나? 불교도 아냐.”라고 뭔 말인지 모를 말을 지껄이고 이런저런 일이 애매모호하게 되고 결국에는 술을 마시게 되기 때문이다.

자, 이제 우리는 드디어 마지막 도약을 해야 한다. 그래 하자. 술을 끊기 위해서 다음과 같은 자기 인식을 가져야 한다. 그것은 바로, 이런 자기 인식이다.

나는 보통 이하 바보다.

들어보니 어때? “웃기네. 나는 보통이야, 평범해.”라고 생각했을까. 아니면 “학력이나 현재 수입, 지위 등을 보고 객관적으로 판단해 보니까 평균보다 위야.”라고 생각할까.

그럴지도 모른다. 이런 말을 하는 사람들의 근거가 무엇이냐. 바로 학력, 지위, 신분, 수입 등이다.

그런데 이런 것은 늘 다른 뭔가에 영향을 받는다.

어떤 것이냐. 경기가 엄청 좋을 때의 평범한 사람의 행동과 경기가 바닥을 쳤을 때의 평범한 사람의 행동은 상당히 다르다.

경기가 좋으면 평범한 사람은 빚을 내서 고급 차를 사고 샴페인을 따고 번화가에서 발광도 한다.

경기가 나쁘면 평범한 사람은 아이디어를 쫀쫀하게 쥐어짜서 절약하고 소주를 마시고, 봉사활동을 한다.

다른 사람이 아니라 동일 인물이다. 보통의 평범함이 상황에 따라 이렇게나 달라진다.

이 말을 자신을 보통 이상의 존재라고 생각하고 실제 벌이도 좋은 경제학자가 들으면 "흐음, 그런 건 말로 설명하는 게 아니라 숫자 통계를 제시해야 합니다."라고 말하며 나를 노골적으로 깔볼 것이다. 그러면 나는 이렇게 받아칠 것이다. "어이쿠, 소인이 멍청했습니다요."라고. 정 뭣하면 담뱃불 붙여 주고.

그런데, 그런데 말입니다요, 어디까지나 전체적인 경제를 논할 때의 말씀이시고 소인은 지금 경제를 논하고 있는 것이 아닙니다요. 소인은 지금 인간을 논하고 있습니다요. 인간은 자신과 관련이 없는 것은 머리로 이해할 뿐 몸으로 느낄 수 없지요.

자신의 눈으로 볼 수 있는 범위에서만 기준을 정할 수 있다. 그래서 바보들만 있는 곳에서는 그다지 똑똑하지 않은, 뭐 어느 쪽이냐 하면 바보에 더 가까운 사람이 현자로 대접을 받고 반대로 똑똑한 사람들이 모이는 곳에서는 그럭저럭 보통인 사람이 좀 아쉬운 사람으로 간주되어 버린다.

여성이 극단적으로 적은 곳에 가면 다소 못생긴 사람이라도 공주 대접을 받지만 고르고 고른 미인만 있는 하렘 같은 곳에서는 꽤 귀여운 얼굴을 하고 있더라도 장갑과 작업복을 지급 받아 잡초를 뽑거나 흙을 운반하는 일을 명받는다.

왜 그렇게 되는가. 이미 말했듯 인간은 실제로 보이는 범위 안에서만 생각할 수 있기 때문이다. 그래서 자기 자신을 보통, 평범하다고 생각하는 것은 숫자와 통계에 의거하는 것이 아니라 어디까지나 주위 사람들과 비교했을 때의 이야기로 인간은 자신이 보통이고 평범한지 어떤지를 거의 주관적으로 판단한다.

강하다, 약하다. 빠르다, 느리다. 능력이 뛰어나다, 능력이 떨어진다. 몸이 크다, 작다. 그런 것조차도 주관적으로 판단한다. 따라서 '나는 보통이다.'라는 인식에 근거는 없다.

어떻게 판단하면 좋은가.

기준을 어떻게 만들면 좋은가.

답은 하나. 그래, 나만의 절대적인 기준을 만드는 것이다. 즉 '다른 대부분=평균'이라고 할 때 그 '다른 대부분'이 한쪽으로 쏠려서 믿을 수 없다면 다른 대부분과 상관없는, 나만의 기준 즉, '보통은 이런 거겠지'라는 것을 설정하고 그 범위 안에 들어가면 자신은 보통이고 이에 도달하지 못하면 보통 이하 바보라고 판단하면 된다.

어려울 수도 있지만 보통이란 무엇인가, 이렇게 말하면 알기 쉬울 것이다.

보통이란, 이래야 한다, 이랬으면 한다고 스스로 정한 기준이다.

예를 들면 보통, 평범이란 남에게 민폐를 끼치지 않는 것이라고 기준을 정했다면, 남에게 민폐를 끼치지 않으면 자신은 보통, 평범하고 항상 남에게 민폐를 끼치면 보통 이하 바보다.

스스로 정하는 기준이므로 어떻게 정하든 자신에게 달렸으니, 끝내주는 놈이라는 뭐 그런 주관적인 기준이라도 자신의 내부적 판단이므로 딱히 혼란스럽지 않으며 영어검정시험 3급 같은 것이라도 전혀 지장이 없다.

즉 그 수준을 높게 설정하든 낮게 설정하든 본인이 어떤 인생관을 가지고 있느냐에 따라 다르다. 역시 돈이 최고지, 돈만 있으면 뭐든지 다 할 수 있다는 인생관을 가진 사람이라면, 보통 10억 원 정도는 있을 것이다, 이것을 보통의 기준으로 삼는 경우도 있을 법하다.

보통 이하 바보라는 자기 인식을 견딜 수 없다면 기준을 더 낮게 설정하면 된다.

그러나 술을 끊고 싶다면 기준을 높게 설정해야 한다. 이유는, 그래, 그러는 편이 자신을 보통 이하 바보로 인식하고 자기 인식 개조를 쉽게 할 수 있기 때문이다.

금주와는 별 상관없는 얘기지만 목표를 높게 설정하고 가끔 굴욕감과 좌절감에 열 받아, "제기랄, 진척이 안 되잖아."라고 한탄하면서도 목표를 향해 쓸데없는 노력을 거듭하고 조금씩이라도 무언가를 습득해 가는 것이야말로 '삶' 아닌가, 하고 나 같은 놈이 감히 어리석은 생각을 주절거려 본다.

이러는 편이 "이렇게 훌륭한 내가 왜 보답을 받지 못하는가."라고 불만을 토로하고 울분을 토하며 술을 마시고 남에게 싸움을 걸고 언쟁을 벌이고 세상의 아름다운 것을 모독하고 가치를 폄하했다! 라며 기뻐하기보다 훨씬 즐겁다고 생각하는

데, 그대들은 어떤가.

어찌됐든 보통, 평범함이란 스스로 정하는 것이며 그 기준은 높게 설정하는 것이 좋다고 말씀드린다.

'나는 바보'라는
생각의 효과

부처님, 예수님을 보통의 평범한 인간이라고 치면 자신은 보통 이하 바보가 되고 동네 아줌마나 TV에서 잘난 척하는 패널들을 보통의 평범한 인간이라고 치면 자신은 보통 이상의 똑똑한 인간이 되지만 그 기준 설정은 내가 꼴리는 대로 정하는 것이자 자신의 재량이다. 술을 끊겠다고 마음먹었다면 자신을 보통 이하 바보라고 생각하는 것만큼 효과적인 것은 없다.

지금껏 입이 닳도록 말했지만 자신을 똑똑하고 훌륭하다고 생각하기 때문에 현실에 불만이 생긴다. 이렇게 똑똑한 내가 왜 이렇게 적은 월급을 받으며 일해야 하냐는 불만이 생기고 그 울분을 달래기 위해 술을 마신다. 이렇게 말하면 노동자만 술을 마신다고 생각하겠지만 자본가도 마찬가지로 어려운 환경 속에서 살아남기 위해 이렇게 훌륭한 내가 저녁에 잠까지 줄여가며 전략을 세우고 있는데 왜 본인만 생각하는 노동자의 불만을 들어야 하는가라는 불만이 쌓여 이것을 풀겠다며 술을 마신다. 행복 추구 권리를 말할 때 이미 언급했듯 즐길 권리의 회복을 위한 음주도 근저에는 자신이 머무는 곳은 보통 이 정도, 라는 보통의 설정이 너무 높다는 문제가 있다.

그래서 그 불평불만의 출발점인 이렇게 훌륭한 나, 이렇게 똑똑한 나, 라는 인식을 개조해 자신을 보통 이하 바보로 설정하면 술을 끊을 수 있으며 이것이야말로 자기 인식 개조다.

그래, 말이야 쉽지. 실제로 행동을 하려고 하면 몇 번이나 말했지만 상당한 어려움이 동반된다. 왜냐, 인간에게는 자기애라는 정신활동이 있고 자기 보존 본능, 생존 전략이 사전에 입력되어 있어서 잘못하면 자기 파괴로 이어질 수 있는 스스로에 대한 평가 절하를 자신의 손으로 할 수 없도록, 원래부터 그렇게 설계되어 있기 때문이다.

이러한 전제하에서 행동하려면 어떻게 해야 하는가, 즉 '자신을 보통 이하 바보라고 인식하는 것'으로 인해 초래되는 다양한 이점을 알게 되면 인간은 '내게 득이 되면 하고 싶다'라는 특성 또한 가지고 있기에 위험과 어려움을 극복해서라도 행동으로 옮길 것이며 결국에는 인식 개조에 성공할 수 있다.

구체적인 이점을 꼽아보면 첫째, 소소한 일로 화를 내지 않게 된다.

화를 낸다는 것은 무엇인가. 자신 이외의 무언가가 자신의 생각대로 되지 않을 때 생기는, 실로 풀길 없는, 안타까움으로 가득한 감정이다.

이것을 제어하기란 참으로 어려우며 화를 내고 있는 사람과 평상심을 유지하는 사람이 논쟁을 하면 십중팔구, 평상심을 유지하는 사람이 이긴다. 왜냐고? 논쟁에서 감정은 튼튼한 방어벽으로 둘러쳐서 결코 적 앞에 드러내서는 안 되는 부분인데 화를 내고 있는 사람은 이를 완전 무방비 상태로 생생하게 다 드러내 버리기 때문이다.

이렇게 말하면 "그건 말을 주고받을 때나 통하는 거고. 실제로 치고받고 싸우면 아닐걸? 역시 분노 파워가 더 센 사람이 강하지."라고 핀잔을 주는 사람이 있을지도 모르지만 그것은 잘못된 인식으로, 치고받는 싸움을 벌이더라도 냉정한 쪽이 이긴다. 아니, 그렇다기보다 화를 내면 진다고 말하는 편이 맞겠다. 한창 싸우고 있을 때, 너무 화가 치밀어서 분별력을 잃고 "야, 이 새끼야, 뒈져!" 등등 소리를 고래고래 지르면서 무턱대고 맹렬히 덤벼들면 방어에 틈이 생기는 법이다.

침착하고 냉정한 상대가 이 틈을 놓칠 리 없다. 인정사정없이 공격해 온다. 그러면 열 받은 쪽은 점점 흥분해서 미쳐 날뛰고 빈틈은 점점 더 늘어나고 그 결과 마구 맞고 발로 차이고 관절이 부러지고 피와 눈물과 콧물이 짬뽕이 되고 결국 욕지거리도 못하는 비참한 상태가 된다. 경우에 따라서는 숨이 끊어지는 경우도 있다.

이것은 개인의 투쟁만이 아니라 부족 간, 국가 간 싸움에서도 그렇다. 그래서 우리들은 지도자를 선택할 때 감정에 빠지기 쉬운 인물은 되도록 피해야 한다.

이런 이유로 말싸움에서도 실제로 치고받는 싸움에서도 화를 내는 쪽이 진다.

예술 분야에서도 마찬가지로 예술에는 승리도 패배도 없으며 예술의 신의 뜻에 맞는지 아닌지의 여부만 존재한다고 하지만 그런 경우라도 화가가 너무 화가 난 나머지 "죽어버렷, 이 새끼야!"라고 말하면서 캔버스로 향했을 때 분노로 손가락이 떨려 선조차 제대로 그을 수 없게 될 테니 좋은 그림은 아예 기대를 하지 말아야 한다. 혹은 정치, 경제 따위, 또는 동네 사람들과의 관계, 직장과 학교에서의 인간관계, 친척과의 관계 등에서도 화를 내고 있는 사람은 불리하기만 하다.

다양한 사람들이 꼴리는 대로 생각이나 기분을 쏟아내는 SNS에서조차 전략적으로 화를 내고 있는 포지션을 취한다면 다르겠지만 진짜 소리치고 고함지르는 사람은 무시와 멸시를 당하고 비웃음을 사는 경우가 허다하다.

그런 이유로 이 세상에서 화를 내서 이득을 보는 일은 전혀 없다.

아무리 그래도 역시 화는 저절로 나는 것이라 의지력을 동원해서 잠재우기는 상당히 어렵다.

그래서 수행인지 뭔지를 하면 화를 안 내게 되나 싶어 신사나 절로 가서 가르침을 받아 보기도 하지만 선에 관한 어중간한 지식만 얻어 도리어 고지식해지는 바람에 세속을 향해 화를 내는 일이 더 많아진, 그런 사람이 내 주변에도 있다.

마음 깊은 곳, 감정의 저 안쪽에서 끓어오르는 분노를 조절하는 것은 불가능하다. 그러나 적어지게 만드는 것은 의외로 간단하다.

어떻게 할까. 그래, 자신을 보통 이하 바보라고 생각하면 마음속 저 깊은 곳에서 끓어오르는 분노를 확 줄일 수 있다.

왜일까. 이제는 이유도 눈치챘을 것이다.

세상을 비롯해 자기 자신 이외의 모든 것에 대해서 화가 나는 것은, 인권이라는 걸 시시콜콜 따지게 된 요즘엔 대체적으로, 업신여김을 당했다고 느낄 때다.

료칸의 입구에서 미소로 맞아준 지배인이 "오~, 잘 왔다. 그래, 천천히 쉬게나."라고 말하고 미인 여주인이, "당신, 얼굴이 영~ 없어 보이네."라고 말하고 인사를 하러 나온 요리장이 "귀찮으니까 저녁은 편의점 도시락이야, 알았지?"라고 말하고 직원이 "그거면 됐지, 뭘 그래. 완전 거지상이잖아."라고 말한다면 너무 화가 날 것이다.

자신을 보통이라고 생각하니까 "훌륭한 손님인 내게 도대체 무슨 말을 하는 거냐. 이 료칸은 종업원 교육을 어떻게 시키고 있는 거야!"라는 생각이 들 테지만 자기 자신을 보통 이하 바보라고 인식 개조를 하면, "뭐, 그래. 솔직히 말해서 내가 좀 없어 보이지."라며 화를 내지 않게 된다. 결과적으로 다양한 상황에서 처음부터 유리한 입장에 설 수 있다.

혹시나 하는 마음에 다시 말해 두지만, "나는 없어 보이지 않는다. 보통이다. 가지고 있는 물건이나 매너도 보통 정도로 그럭저럭 가격대가 있다. 그러니까 없어 보인다는 단정은 잘못이다. 지배인의 반말도 잘못 되어 먹었다. 잘못이나 틀린 점은 사회 정의 실현이라는 관점에서도 바로 잡아야 한다."라고 생각한 사람은 앞에서 말했던 '보통, 평범'의 기준치를 조금 높이려고 노력하고 연습에 임하기를 바란다.

이와 같은 이유로 자신을 보통 이하 바보라고 인식하면 화를 억제할 수 있으며 다양한 상황에서 미리 유리한 위치를 선점할 수 있다.

다시 한 번 말한다. 자신을 보통 이하 바보라고 생각하면, 두 가지 장점이 있다.

첫째, 소소한 일로 화를 내지 않게 된다.
둘째, 많이 배울 수 있다.

두 번째는 무슨 말이냐 하면 자신을 똑똑하다고 생각하면, 예를 들면 보라야마 쇼타의 《우동 기초 기법》이라는 책을 우연히 집어 들었을 때 "이 똑똑한 내가 우동 만드는 법? 헛헛헛, 실력 발휘 한번 해 봐?"라는 생각을 하며 마치 깔보듯 "뭐어?

그래봤자 보라야마인지 뭔지 하는 숭어를 먹는 남자가 쓴 거잖아? 별 내용 없는 게 당연하지 않나?"라는 마음가짐으로 읽으면 아무리 좋은 내용이라도 머리에 들어오지 않는다.

모든 것을 대할 때도 이와 마찬가지로 상대방을 평가한다는, 깔보는 태도를 취하면 제대로 배울 수 없다. 자신을 보통 이상으로 똑똑하다고 생각하는 사람은 주위 사람들이 둔하게 보여 답답한 마음에 "왜, 이렇게 뻔한 것도 모르는 거야!"라는 말을 내뱉기도 한다. 이런 관점에서 만사를 판단하기 때문에 동일한 것을 보고 같은 이야기를 들어도 자신을 보통 이하 바보라고 생각하고 있는 사람보다 훨씬 배우지 못한다.

두 사람이 나라 공원에 가서 사슴을 봤다. 자신을 보통 이하 바보라고 생각하는 사람은 지식으로만 알고 있던 사슴이 실제로 거리를 어슬렁거리는 광경을 보고 놀라며 잠시 동안 그 광경을 찬찬히 쳐다보다가 사슴 센베이를 사서 사슴에게 주면서, "오, 의외로 야성미가 있네."라고 중얼거린다.

자신을 보통 이상으로 똑똑하다고 인식하는 사람은 "사슴을 보고 놀라다니 정말 한심하네. 보라야마와 한통속이군."이라고 나름 시크한 태도를 유지하며 사슴 센베이도 사지 않고 나카하라 주야의 시를 떠올리며 종종걸음으로 도다이지 절의

니가쓰도 법당으로 가서 남도 불교에 심취하는 척한다.

이 두 사람 중 어느 쪽이 더 사슴에 대해서 배움을 얻었느냐 하면 말할 것도 없이 자신을 보통 이하 바보로 인식하고 있는 쪽이다.

이렇듯 자신을 보통 이하 바보로 인식하면 자신을 보통 이상으로 똑똑하다고 인식할 때 발생하는 허무와 쇠퇴에서 자신을 구하고, 더 많이 발견하고 놀라고 또 더 많이 배울 것이다.

술을 끊으면
인생의 진정한 기쁨을 알게 된다

인간은 인간이기 이전에 동물이며 자신을 보존하려는 본능이
있다. 그러므로 자아를 죄다 없애는 일은 어렵고 그에 비해 비
교적 쉽다고 할 수 있는 자기 인식 개조조차 그리 간단한 일은
아니다.

그래서 더욱 손쉬운 방법으로 자신을 보통 이하 바보라고
생각하는 것을 제안했지만, 인간에게는 스스로를 소중히 여기
고자 하는 마음이 있기 때문에 이것도 솔직히 좀 어려운 면이
있다.

자신을 보통 이하 바보로 규정함으로써 얻을 수 있는 현실

적인 장점을 두 가지 말했다.

특히 배움에서 자신을 낮추면 자신을 높이는 것보다 훨씬 많이 배울 수 있다.

그 외에도 인생의 다양한 국면에서 패배감, 좌절감을 맛보지 않을 수 있으며 약간의 친절과 요행, 아니 보통과 평범함에 감사하며 인생이 기쁨으로 가득 차는 의외의 장점이 있다는 점을 많은 사람들이 모르고 있다.

서양식 개인주의, 적극주의가 좋다면서도 자신이 현명하고 유능하다고 넉살 좋게 어필하지 않으면 뒷전으로 밀려나서 냉대를 받는다는 현실에 적응하지 못하고 있다는 사실을 깨닫지 못한 채 자신을 똑똑하다고 생각하거니 그렇게 생각하려고 할 때, 문득 이 장점을 음미해 보면 속이 시원해지는 해방감을 맛본다.

마치 병을 얻고서야 비로소 건강의 고마움을 뼈에 사무치도록 알게 되듯 말이다.

나는 손해를 보고 있는가? 능력에 맞는 보수를 받고 있는가? 내가 받을 몫을 누군가가 훔쳐가고 있지 않은가? 늘 이런 의심을 품고 그렇게 되지 않도록 감시하고 두루두루 계속 살펴보는 인생은 지옥 그 자체다.

정권이 나를 무시하고 냉대한다. 이렇게 훌륭한 나를 무시하다니 틀려먹었다며 미쳐 날뛰고 힘과 똑똑한 지혜로 정권을 타도한다. 그런데 새 정권도 자신을 중요하게 여기지 않는다. 이전보다 훨씬 더 미쳐 날뛰며 또 타도하려고 하지만 너무 날뛴 나머지 판단을 잘못해서 패배하고 빗나간 화살에 맞아서 개죽음을 당한다.

혹은 이도 저도 싫어서 도시에서 그리 멀지 않은 산속에 은거하며 시니컬한 칼럼을 써 재낀다.

즐거운가, 그런 인생이?

당연히 즐겁지 않다. 그러나 똑똑한 자신에게 어울리는 즐거움과 쾌락을 계속 모색하다 보면 반드시 위와 같은 결말에 봉착하고 그 괴로움을 완화시키기 위해 술을 마신다. 그런데 우리는 이 세상에 순수한 즐거움은 드물고, 즐거움은 반드시 인생의 부채와 부담이 된다는 점을 이미 확인했다.

참을 수 없는 해방감은 아주 소소한 것, 그러니까 강물 흐르는 소리를 들으며 등을 따스하게 감싸는 따뜻한 햇볕을 느끼고 바람에 흔들리는 꽃과 풀을 보고 느끼는 기쁨과 같으며 이것은 그 어떤 부채도 동반하지 않는, 신이 주는 선물, 인생에서 미리 받는 순이익이다.

그러나 거액의 채무를 지게 된, 마비되어 버릴 것 같다고나 할까 실제로 마비되는, 강렬한 취기를 알게 된 우리들은 이를 감지할 수 없다.

하지만 술을 마시지 않았던 어릴 적, 그런 기쁨을 느꼈다. 그것을 우리들은 기억하고 있다.

자신을 보통 이하 바보로 여기고 그 결과 자기 인식 개조에 성공하면 술을 끊을 순 있지만 그 과정에서 우리들이 얻는 최대의 장점은 사실 소소한 것에서 기쁨을 느끼는 감각을 되찾는 것이다.

지금 나는 아주 어마무시한 말을 한 기분이 든다. 하지만 이건 술을 끊은 내가 현시점에서 겨우 느낀 실감이다. 그런 감각을 되돌리고자, 즉 부채를 동반하지 않는 순수한 즐거움을 얻고자 술을 그만둔 건 아니다.

정체불명의 영적인 뭔가에 인도되어 나 자신도 설명할 수 없는, 스스로 자신을 도로로 밀어서 떨어뜨릴 것 같은 상황에서 술을 끊었다.

그랬더니 이렇게 되었다. 그랬을 뿐이다. 대부분의 위대한 발견이 우연이라는 점과 닮지 않았는가. 나로서는 이렇다 저렇다 단정할 순 없지만 결과적으로 좋았다고, 나는 지금 그렇게 생각한다.

그러므로 그대들이 지금까지 말한 내용을 금주의 목적과 이유로 삼아 주었으면 한다.

다양한 장점을 느끼면서 자신을 보통 이하 바보라고 단정지어 자기 인식 개조에 성공하면 술을 끊을 수 있으며 술을 끊으면 소소한 것에서 최대의 기쁨을 느낄 수 있다.

그런데 뭐가 어마무시하다는 거지?

허무와 쇠퇴에 빠지지는 않을까 두렵다.

탄생과 죽음은 한 쌍이다. 존재하지 않았던 것이 의사와 상관없이 세상에 나타났다가 대부분이 의사에 반해서 사라져간다. 그 사이에 있는 것은 행복도 불행도 아니고 또 선도 악도 아니고 단지 고통과 쾌락뿐이다. 고통과 쾌락은 반드시 쌍으로 나타나고 미식과 음탕은 나중에 병으로 나타나고 사람을 괴롭혀서 느끼는 희열과 달성감은 늘 실패와 좌절을 일행처럼 데리고 다닌다.

지위와 명예 그리고 재산은 "언젠가 잃어버릴지도 모른다."는 공포를 잉태하고 젊음과 아름다움은 반드시 쇠퇴한다.

음주는 가장 알기 쉽다. 음주로 누린 즐거움은 반대로 숙취와 낭비, 신용 추락과 같은 고통을 동반한다.

이것을 어떻게 이해할 것인가는 본인의 인생관에 따라 다르겠지만 지금은 일단 방법을 제시했다. 어렵기는 하지만 대체적으로 효과적인 방법이다.

그러나 어차피 인생이 제로 지점으로 회귀한다면. 그리고 탐욕과 즐거움을 바라고 발버둥 친 결과 반대쪽에 괴로움이 남는다면. 사람은 아무런 노력을 하지 않고 점점 쇠퇴해 간다. "어차피 해 본들 결과가 제로라면 의미가 없잖아." 허무와 퇴폐의 늪에 빠져 어두컴컴한 방에서 시커먼 눈을 하고 처박혀 밥은 편의점 도시락으로 때우고 가끔, 아주 가끔 외출한다는 곳이 파친코 정도고 책도 안 읽고 영화도 안 보고 누구가 시중을 들어 주는 생활을 꿈꾸며 태만하고 무기력한 인생을 보내다가 결국에는 밥도 못 먹게 되더니 의미를 알 수 없는 미소를 지으며 깨달음을 얻었다 같은 망언을 긁적이나 싶었는데 그것조차 그만뒀고 집세가 밀려 있어 관리회사 직원이 문을 따고 집 안으로 들어갔더니 책상다리를 한 채 죽어 있었다. 이런 일도 있을 법하다.

이런 사람이 증가하면 사회는 활력을 잃고 저출산 고령화가 점점 더 심각해지고 산업도 빛이 바래고 몇 천 년 동안 온갖

영화를 누리던 인류의 문명은 멸망해 갈지도 모른다.

인류가 멸망한다고 해서 지구가 어떻게 되는 건 아니라 인간 이외의 동식물, 기타 생명과 비생명으로서는 그 편이 나을지도 모르고 하물며 우주가 어떻게 되는 것도 아니고 왜 인류가 계속 번영해야 하느냐고 물으면 대답이 궁해진다. 안 그러면 이 세상을 만든 신의 얼굴에 먹칠하는 꼴이 되니까 그런가. 그렇다면 마음 저 깊은 곳에서 진심으로 믿지 않는 사람에게는 상관없는 이야기다.

아니, 그렇지만 지금 당장 인류의 문명이 멸망해서 원시 동물 상태가 되면 곤란하다. 왜냐면 그런 상태가 되면 이 세상의 괴로움이 더욱 늘어나서 싫고 후손들이 그런 괴로운 상황에 처하게 되니까 불쌍해서 싫다. 아무래도 그렇게 될 수밖에 없다면 급하게 어찌 되는 것이 아니라 4대나 5대 정도에 걸쳐서 천천히, 서서히 되면 좋겠다. 그렇다면, 그렇게만 된다면, 그러면 좋겠다.

자신을 보통 이하 바보라고 인식하는 바람에 따라오는 허무와 쇠퇴로 빠지지 않도록 아이디어가 필요하다.

먼저 자존심을 잃지 않는다. TV나 라디오를 보고 듣고 있으면 환율 평가 절하라든지, 평가 절상이라든지 같은 말들을 하고 있다.

다른 나라의 돈을 사려면 얼마나 필요할까? 미국 돈 1달러는 얼마일까? 얼마를 줘야 하나? 이전보다 많아지면 싸지고 적어지면 비싸진다.

자국의 통화가 싸다 비싸다는 여러 회사의 주식이나 채권의 가격에 영향을 주며 외국에 뭔가를 팔아서 돈을 버는 경우라면 더 많은 영향을 받기 때문에 국가의 지도자들은 모두 이 환율이라는 것에 상당히 신경 쓰고 있다. 이것은 외국도 마찬가지로 이를 둘러싸고 국가와 국가의, 뭐라고 할까, 밀당? 뭐 그런 걸 자주 하며, 노골적으로 자기 나라의 화폐 가치를 올리거나 내리면 다른 나라로부터 "왜 네 멋대로 일을 처리하느냐, 이 병신아."라는 말을 듣고 집단 린치를 당해 너덜너덜해진다. 이에 대해서 "누가 제멋대로라는 거야, 이 자식아."라고 되받아치면 전쟁이 벌어진다.

자기 인식 개조를 하느라 자존심을 잃지 않도록 알아야 할 게 있다. 앞서 말했지만 자기 인식 개조는 인격 개조가 아니다. 인식을 바꾸는 것은 자기 자신을 보다 정확한 잣대로 보기 위해서고, 그때 본연의 모습은 개조 전이나 후나 달라지지 않는다.

그러므로 비하하는 마음은 생기지 않는다. 왜냐면 자기 자신을 다른 것과 비교해서 억지로 낮추고 있는 게 아니기 때문이다.

자기 자신을 억지로 평가 절하해서 차익을 보자. 똑똑하다면 조금 공부한 정도로는 높은 평가를 받지 않겠지만 바보처럼 있다가 약간 제대로 된 이야기를 하면 "오~, 의원데?"라고 다들 감탄한다. 어쩌면 사흘 일정에 1억 원이 보장되는 일이 들어올지도 모른다. 이런 생각을 하고 자신을 평가 절하하면 남의 안색이나 살피고 알랑거리는 비굴한 마음이 생기고 자존심은 점점 사라져 버리고 1억 원으로는 채워지지 않는 허무함과 상실감만 부채처럼 남는다. 현실적으로는 1억 원이 아니라 만 원짜리 일조차 없어서 "최저임금 이하잖아!"라고 말하며 다이고로 소주를 벌컥벌컥 마신다.

인식 개조를 할 때 자존심을 유지하는 것은 아주 중요하므로 이야기를 더 해보자.

자신을 지나치게 낮추다가
허무해지지 말자

자신을 올바르게 인식하면서 자기 자신을 평가 절하하면 술을 끊을 수 있다. 왜냐면 부당하게 빼앗겼다는 생각이 들지 않는 만큼 즐거움을 회복하려는 마음도 생기지 않기 때문이다.

그 외에도 올바르게 자신을 인식해서 얻을 수 있는 장점이 참으로 많지만 여기에도 허무와 쇠퇴의 위험이 늘 동반한다. '어차피 나 따위는 지루한 인간이다. 사는 보람 따위 환상이고 인생에는 의미도 가치도 없다. 의미 없이 태어나 의미 없이 죽는다. 산들 뭐하리, 죽음을 두려워한들 뭐하리. 하하하. 시간이 남아도는데 남 뒷담화라도 할까? 하하하, 의미 없지.' 이렇게 되어 버릴 가능성이 없지 않다.

이로부터 허무와 쇠퇴에 빠지지 않으려면 어떻게 하면 좋을지 그 힌트를 얻을 수 있다. 이 말은 그래, 무엇이든지 극단으로 치닫는 건 좋지 않다는 뜻이다.

아무리 환율 상황이 좋아졌다고 해도 정도가 지나치면 좋지 않고 또 위아래로 격렬하게 널뛰는 것도 좋지 않다. 이러한 가격 변동에 옳다구나 하고 돈벌이를 목적으로 뛰어드는 사람들의 먹잇감이 되어 시장은 가격을 제어할 수 없게 되고 결국 경제가 붕괴되어 국가가 망한다.

스스로에 대해서도 마찬가지로 자신을 너무 낮추어 한겨울, 다 같이 구시로* 평원에 세워진 주택에서 난로 근처에 모여 몸을 데우고 있는데, "아니, 나 따위는 멀리 있어도 돼."라고 말하고 난로로부터 조금 떨어진, 그다지 따뜻하지 않은 곳에 있는 정도라면 그나마 낫지만 "아니, 나 같은 사람 밖이라도 괜찮아."라며 밖으로 나갈 필요까지는 없다.

만약 밖으로 나가 버리면 어떻게 될까, "저 녀석, 밖이라도 괜찮대. 왜 저러지?" "추위에 강한가?" "그렇군. 그러면 옷 같은

---

* 홋카이도의 지명

거 필요 없겠네." "필요 없을걸." "그럼, 옷은 내가 가지지 뭐."
"그거 좋네."라는 식으로 분위기가 흘러가 옷이 홀라당 벗겨진
채 아침까지 밖에 방치되고 결국 전신이 꽁꽁 얼어서 죽는다.
혹은 길을 걷다가 나 따위가 무슨 길 한중간으로 다니냐며 갓
길로 다니다가 강에 빠져 허우적거리고 그래서 머리에 충격을
받아 실어증에 걸리는 바람에 자신의 이름조차 모르게 된다.
회의에서 꽤 재미있을 것 같은 아이디어가 떠올랐지만 어차피
별거 아닌 나 따위의 생각이니까, 라며 발언을 자제했는데 후
배가 자신이 생각한 의견과 똑같은 의견을 말해 상사들에게
극찬을 받고 승진에 승진을 거듭해버려 자신은 정원 청소나
하고 있다.

이런 일이 당연하다는 듯 내 주변에서도 일어나고 있다.

그러므로 자기 자신에 대한 평가 절하도 적당히 해야 한다.
다른 나라라든지 타인에 비해 너무나도 값싸게 후려치지 않도
록 주위의 동향을 잘 살피고 너무 후려쳤나 싶으면 그 시점에
서 자기 자신을 평가 절상하는 조치를 취해야 한다.

즉 자기 자신을 극단적으로 바보 취급하지 않을 것. 당연한
일이지만 허무와 쇠퇴에 빠지지 않으려면 이것이 꼭 필요하다!

그런데 말이다, 실은 말이다. 허무와 쇠퇴에 빠지지 않으려

면 해야 할 일이 따로 있다.

뭘까. 여러 가지 이유를 붙이거나 얼토당토않은 비유를 갈 겨대면 남자답지 않으므로 그냥 대놓고 말하겠다.

타인과 자신을 비교하는 것으로 자신의 가치를 가늠하는 행위가 무의미함을 안다.

'다른 나라 통화와 비교해서' 우리나라의 통화는 높다/낮 다. '남과 비교해서' 자신은 바보다/똑똑하다는 것에 아무런 의 미가 없다는 사실을 알아야 한다.

이것을 알면 허무와 쇠퇴에 빠질 일이 없다. 자신이 바보인 지, 똑똑한지. 자신이 내면적으로 풍요로운지 보잘것없는지. 이것과 타인은 관계가 없다. 이 점을 알아야 한다.

이것을 모르고 다른 것과 비교해서 자신을 알려고 하면 끊 임없이 불안이 엄습해올 것이다. 왜냐면 타인도 그런 식으로 자신을 가늠하고 있으니까.

내가 종교인이라면 남과 비교해서 자신을 알고자 해서는 안 된다. 신과의 거리를 통해 깨달아야 한다. 하지만 이 또한 자 기 안에서 척도를 찾아낸다는 의미에서 별반 다를 게 없다.

타인과 세상과의 비교, 더욱 단적으로 말하면 재산의 비교에 얽매이지 않는 자신을 알고 그 인식에 의거해 응시하고 귀 기울임으로 인해서 비로소 보이는 것, 들리는 것을 자각한다.

그때의 소리와 경치가 너무나 고귀하고 가치가 있다는 사실을 알아차리면 저절로 소중히 여겨야겠다는 마음이 생긴다. 그렇게 되었을 때 우리는 자신도 모르는 사이에 허무와 쇠퇴로부터 가장 먼 곳에 있을 것이다.

그랬을 때 세상에나 신기하지, 자신을 바보라고 인식하면서 동시에 자존감, 자신의 생명과 이 세상을 동일한 정도로 애지중지하는 마음이 생기니 말이다.

실은 자기 인식 개조의 최종적인 목적지는 여기다.

일단 도달했으니까 이걸로 됐다는 건 아니다. 왜냐면 인간인 이상 아무래도 이런저런 것을 보고 듣기 때문이다. 그리고 그런 것을 보고 듣고 하면 이런저런 생각을 하게 된다.

그리고 그때 "후후후. 보통 사람들은 내가 보고 있는 경치가 안 보이나 보군. 내가 듣고 있는 소리가 안 들리나 보군. 불쌍한 사람들이야."라고 타인을 불쌍히 여기거나, 우월감을 느끼거나, 경멸하거나 한다면, 바로 그 순간 타인과 자신을 비교하고 있는 셈이다. 겨우 획득한 마음의 평화가 급속도로 사라져 간다.

고귀했던 소리와 경치가 순식간에 퇴색되고 지루하고 평
범한 것으로 추락한다. 자신이 바보라는 인식을 견디지 못하고
타인의 나쁜 점을 왈가왈부하며 나쁘게 말하는 것으로 정신적
균형을 유지하려고 하다가 점점 위기로 내몰린다. 이후의 일은
말하지 않겠다.

이를 방지하기 위해서 일단 목적지에 도달했으니 괜찮다
며 안심하지 말고, 도달이란 한순간이라는 점을 자각하고 타인
과 자신을 비교하고 세계와 자신을 대조적인 위치에서 생각하
려고 할 때마다 자기 자신의 가치만을 믿도록, 조금씩 조절해
가야 한다.

이 말을 듣고, "그렇게 어려운 일을 보통 사람들이 어떻게
해! 불가능해. 일도 있고."라고 약한 소리를 하는 사람도 있을
것이다.

그러나 걱정할 필요 없다. 우리들은 다양한 상황에서 이와
유사한 일들을 하고 있다. 아니 그것보다 이미 생활화되어 있
다. 일일이 대응하는지 여부는 제쳐두고, 아무튼 시시각각 변
하는, 다양한 변화 속에서 우리들은 살고 있기 때문이다.

그래서 자신의 마음이 어떻게 변하는지 직시하고 대응하

는 것은 그렇게까지 어려운 일이 아니다. 세상의 무의미한 잡음에서 눈을 돌리는 정도의 난이도를 클리어하며 살아온 사람이라면 비교적 쉽게 행동으로 옮길 수 있을 것이다.

여기까지의 이야기를 정리하면 다음과 같다. 불만이 생기면 사람은 술로 해소하려고 한다. 술에 취하는 것은 간단하다. 사람은 취하기 쉽다. 술에 취하고, 타인에게 취하고, 자신에게 취한다. 취하면 일시적인 만족을 얻을 수 있다. 그러나 그러면 반드시 나중에 불만이 생긴다. 그 불만을 술에 취해서 해소한다. 다시 불만이 생긴다. 그 불만을 술로 해소한다… 라는 식으로 끝없이 반복된다.

그래서 이를 바꾸기 위해 주위의 불만을 없애는 것이 가장 좋다.

불만은 자신이 정당하게 대우받고 있지 않다고 생각하기 때문에 생기지만 사실 그것은 잘못된 것이다. 그 잘못을 아는 것, 즉 자기 인식을 개조하면 현재의 불만은 사라진다. 그러나 허무의 늪에 빠질 우려가 있다. 자기 인식을 통해 바라보는 세계에서는 지금껏 들리지 않았던 소리, 보이지 않았던 경치가 보이고 그것이 얼마나 좋은지 아는 것이 바로 자신의 장점을 자각하는 것으로 이어지며 그로 인해 우리들은 허무로부터도 불만으로부터도 거리를 둘 수 있으며 그렇게 해서 술을 끊을 수 있다.

지금까지 왜 술을 끊는가에 대해서 생각하고 어떻게 술을 끊을 것인가에 대해서 생각하고, 드디어 결론에 도달했다. 이제부터는 술을 끊으면 어떻게 되는가에 대해서 생각해 보겠다. 아니 그렇다기보다 더욱 구체적인 사례, 그러니까 내 몸에 일어난 현상을 지금까지보다 더 솔직하게 일종의 일기나 수기 같은, 어쩌면 수필을 닮은 글로 풀어본다.

술을 끊은 후
정신적 변화

기을의 문턱 10월. 1년 중 술이 가장 맛난 계절이나. 마치 11월이 되면 술맛이 없어진다는 듯 들리지만 그런 일은 없다. 11월의 술도 맛있다. 아니, 어쩌면 11월에 마시는 술은 10월보다 더 맛있을지도 모른다.

그러면 12월은 어떤가. 그리고 새봄이 찾아오면 "1년 중에서 가장 술이 맛있는 계절이다."라고 호언장담한다. 호기롭게 말하며 마신다.

3월이 되어도 4월이 되어도 호언장담은 계속된다. 어떤 계절이 와도 술은 맛있고 어떤 날씨라도, 어떤 시절이라도 술은 맛있다.

이런 날씨니까 하며 마시고, 이런 시절이니까 하며 또 마시고 눈을 보며 마시고, 꽃을 보며 마시고, 축하한다고 마시고, 죽음을 슬퍼하며 마시고, 이유를 만들고, 무슨 일이 생기면 핑계 삼아 변명 삼아 마신다. 아무 일도 없을 때는 마시지 않아야 하지만 그런 일은 결단코 없으며, "오늘은 아무 일도 없으니까. 어쩔 수 없군. 마셔야겠어."라며 마신다.

마시면 취한다. 취하면 즐거워진다. 즐거우면 마시고 싶어지기 때문에 더 마신다. 그러면 더 취한다. 그래서 더 즐거워지기 때문에 더 마신다. 무한 반복되고 꼭지가 돌 때까지 마신다. 꼭지가 돌고 한계점에 도달하면 무슨 일이 일어났는지 기억이 나지 않는다. 아마 폭발했을 거야.

폭발해 버린 즐거움에

오늘도 하늘에서 소주가 쏟아진다

폭발해 버린 즐거움에

오늘도 바람만 많이 불어온다

폭발해 버린 즐거움은

가령 추리닝에 샌들을 신고

폭발해 버린 즐거움은

쏟아진 소주로 얼룩투성이

폭발해 버린 즐거움은

바람도 소원도 없고 뭐 하나 없고

폭발해 버린 즐거움은

권태로움 속에서 죽음을 꿈꾼다

폭발해 버린 즐거움에

낄낄 웃음을 터뜨리고

폭발해 버린 즐거움에

별수 없이 아침이 온다

농담을 지껄이는 건 술을 마시고 기분이 좋아지면 나타나는 전형적인 증상으로 나는 스물세 살 때부터 쉰세 살까지 30년간 단 하루도 빠짐없이 술을 마시고 매일 밤, 어떨 때는 낮에도, 심할 때는 이른 아침부터, 이런 증상에 위로를 받으며 살아 왔다.

술은 내 삶 그 자체로, "사람, 술을 마신다. 술, 술을 마신다.

술, 사람을 마신다."는 말대로 나는 술. 술은 나. 오늘도 모르고 내일도 모르고 술병에서 술을 따라 계속 마시고 술이야말로 내 인생이라고 말하고 그런 말을 듣고, 계속 폭발하고 있었다.

그러던 내가 뚝 술을 끊고는, 자, 그래서 어떻게 되었는가. 그것에 대해서 까놓게 말하자고, 나는 지금 생각하고 있다.

왜냐면 내 실제 체험, 몸에 일어난 변화, 끊어서 어떻게 되었나, 이런 내용이 어쩌면 여러분에게 참고가 될지도 모른다고 생각하기 때문이다.

그럼 실제 체험을 풀어 보자. 내 생활의 중심에 술이 있었기에 금주로 인해 수많은 일들이 꽤 많이 변했다.

무엇이 변했나. 떠오르는 대로 열거해 보면, 먼저 신체에 변화가 생겼다. 동시에 정신적으로도 변화가 보였다. 그것과 궤를 같이 해서 생활의 패턴이 바뀌었고 그 영향으로 가정 경제에서 변화의 낌새가 스멀스멀 나타나기 시작했다.

이러한 변화는 하나가 일어나면 그 영향을 받아서 다음의 변화가 일어나는 과정이 아니라 서로 영향을 주고받으면서 동시다발로 발생하므로 순서를 정해서 이야기하는 건 어렵지만 일단 하나씩 하나씩, 예를 들면 정신적으로 어떤 일이 일어났는지, 뭐 그런 식으로 풀어가 보자.

우선 시기에 따라 다르다. 특히 첫 삼 일간, 첫 일주일간. 첫 한 달간, 3개월, 6개월, 1년째까지는 시기에 따라 정신적으로 상당히 달랐다.

특히 첫 3개월째까지는 금주하고 있다, 나는 술을 끊은 인간이다, 술을 마시지 않겠다는 의식이 강해서 내 인생에서 즐거움이 자취를 감췄다. 단지 삭막한 시간과 공간만이 무의미하게 확대되고 있다는 생각이 점점 커지고 그것이 나를 무겁게 짓눌렀다.

반사적으로 "이렇게 괴로운 기분을 푸는 방법은 술을 마시는 것뿐이다"라는 생각이 문득 들지만 "아, 맞다, 나 술을 끊고 있지."라는 현실을 떠올리고 절망한다. 이것을 7초에 4번씩 반복하고 있었다.

이러니 일이 손에 잡힐 리 없고 가령 소설을 써도, 주인공이 우연히 들어간 우동집에서 먹은 오카메 우동*에 누군가가 독을 풀어 주인공이 뜻밖의 죽음을 당해 부득이하게 서브 주인공을 주인공으로 갈아치워서 이야기를 진행해 보지만, 새 주

* 어묵, 버섯, 채소 등을 넣고 조리한 우동

인공도 떡이 목에 걸려서 죽어버리는 바람에 어쩔 수 없이 토사 붕괴로 전원을 몰살시켰는데 기적적으로 7명만 살아남아서 이 세상의 부활을 기원하며 신께 올리는 축제를 열어 보지만 아무 일도 일어나지 않았다는 식의 글이지 않았을까 추측해 본다. 하지만 두려워서 그때 쓴 글을 다시 읽어 볼 용기가 나지 않는다.

매일 위기감을 느끼며 살았다. 위기란 "술을 마셔 버리지 않을까."라는 공포이며 '또 술을 마셔 버리는 열등 인간으로서의 자신'을 억지로 인정할 수밖에 없다는 패배감으로 직결된 공포로, 동시에 "이렇게 괴로운 상태로 살아서 무슨 의미가 있는가."라는 질문으로 발전하자 뇌에서 이상한 아줌마 목소리가 조용히 울려 퍼졌다. "괜찮아유 괜찮아. 오늘 술 마신다고 내일 안 죽어유."

아줌마는 집요해서 아무리 닥치라고 말해도 속삭임을 그만두지 않았다. 말을 듣지 않으면 뜨거운 몸뚱어리를 딱 밀착시키고 그래도 내가 꿈쩍도 안 하면 테이크 다운, 나를 급습해서 쓰러뜨리고 팔을 꽉 잡아서 옴짝달싹도 못하게 만들었다. 그러고 나서 "괜찮아, 괜찮아."라고 진절머리 나게 계속 읊어댄다.

그것을 언제까지고 견디면 관절이 부러지고 말지만 그렇게 될 때까지 버티지 못하니까 주저함이라고는 눈곱만큼도 찾아볼 수 없을 정도로 재빠르게 튀어나가, 그래 잔돈을 거머쥐고 편의점으로 달려가 종이팩에 든 소주나 포켓 사이즈 위스키를 산다. 이렇게까지 궁지에 몰린 적이 한두 번이 아니다.

어떻게 극복했느냐. '지금도 계속되는 맨정신과 광기의 싸움'에서 자세히 말했으므로 재방송은 하지 않겠다만 일단, 무조건, 너무나, 괴로웠다.

그래도 세월은 흘러간다.

어쨌든 첫 삼 일간은 그렇게 지나갔고 일주일이 지나고 한 달이 흘렀다. 내가 술을 끊은 것은 12월 말로 징글벨 징글벨 종소리 울려~, 노래 부르는 사람들이 예수 그리스도의 탄생을 축하하는 크리스마스였다.

거리에는 술을 마시고 난리법석, 꼬장부리는 사람들로 가득했다. 온 나라의 닭이 몽땅 학살당해 아궁이에 집어넣어져 지글지글 구워졌다. 그 즈음 나는 말이다, 시골집에서 거미집을 먹고 있었다. 거짓말이다. 일상적인, 아주 일상적이고 평범한 일본 요리를 먹고 있었지만 거미집을 먹는 것 같은 괴로움을 끝없이 느꼈다.

한 달이 지나려고 할 때 미묘한, 보통의 상태에서는 절대로 알아차리지 못하는 변화가 슬쩍 고개를 내밀었다.

하루 중 술을 생각하는 시간은 아주 짧지만 줄어들고 있었다. 그전까지는 눈을 뜨고 있는 동안에는 늘 술 생각만 하고 있었는데, "응? 그러고 보니 나 지금 술 생각 안 하고 있었네?"라는 자각이 시작되었다.

그렇다고는 해도, 그것은 하루 중 아주 짧은 시간으로 역시 거의 대부분의 시간을, 꽉 들러붙어서 떨어지지 않는 술에 대한 깊은 사랑에 사로잡혀, "으아아악, 술, 마시고 싶다아아!"라고 끙끙대며 번민했다.

새해가 밝아 1월 1일. 최대의 위기에 봉착했다.

새해 첫날이라고 해도 옛날에 비하면 그다지 성대하지는 않지만, 역시 축하하고 싶은 날이고 축하의 날에는 역시, 당연히, 어쩔 수 없이 술을 마시게 되어 있다.

개인적인 축하라면 개인의 노력으로 어떻게든 해 볼 수 있을지도 모른다. 그러나 새해 첫날은 온 세상이 축하 분위기에 들떠 있고 '축하 분위기=술을 마시는 분위기'로 충만해 있다.

그리고 눈앞에는 새해맞이 요리라는, 아무리 생각해도 술 안주로밖에 볼 수 없는 요리가 차려져 있다. 그리고 내가 금주

중이라는 사실을 모르는 사람이 연말에 "좀처럼 살 수 없는 귀한 술을 구했습니다. 애주가이신 선생님께서 드셨으면 하는 마음에서 보냅니다."라는 편지와 함께 보내온 청주가 있다. 그 외포도주, 샴페인을 보내오는 사람도 있다.

나는 새해 첫날에 새해맞이 요리와 환상적인 명주를 앞에 두고, "내 인생 최대의 시련이다."라고 신음하듯 한탄하고 있었다.

하아, 나는 어떤 행동을 취했는가.

단주에
'비상사태'란 없다

술을 끊겠다고 결의하자마자 새해 첫날을 맞이한 덕분에 세상 전체가 술을 마시는 분위기로 충만한 날, 나는 궁지에 몰렸다.

눈앞에는 새해맞이 요리가 차려져 있다. 몸 안에는 콱 들러붙어서 떨어지지 않는 술을 향한 갈망이 꿈틀대고 있다.

이런 경우, 술꾼은 어떤 생각을 할까. 아마도 다음과 같이 생각할 것이다.

"물론 술을 끊는 거, 절대로 포기 안 해. 그러나 지금은 비상사태잖아. 그래서 어쩔 수 없어. 일단 지금은 마시고 3일 연휴가 끝나고 나서 다시 시작하면 돼. 그러고 보니 근처의 재개

발 문제는 어떻게 됐나 몰라. 역시 재개, 리스타트. 그런 건 인류에게 상당히 중요하지. 일단 잠시 멈추자, 멈춰 서서 생각하자. 그 중요성을 인식하지 않으면 큰일을 겪어. 한 번 결정했다고 상황이 바뀌었는데도 밀어붙이는 건 관료들의 나쁜 관습이지. 그런 폐해를 우리들은 끔찍할 정도로 많이 봐 왔잖아. 역시 새해 첫날이라는 비상사태에는 그에 상응하는 대응이 필요한 법이지."

그렇게 해서 술꾼은 새해 연휴 동안 고주망태로 지내고 그후 "뭐, 새해 첫날도 비상사태라고 하면 비상사태다."라든지 "1월 중에는 여전히 경계를 게을리해서는 안 된다."라든지, 그러면서 1월 한 달을 꽉꽉 채워서 계속 마시고 2월에 들어가면 "절주라는 개념을 관료는 망각하고 있다."라고 씨불이며, 도로 아미타불, 예전과 변함없이 술을 마시고 인생을 계속 허비할 것이다.

물론 아무런 근거 없는 추측이지만 뭐, 대체로 맞을 것이다. 왜냐면 그때 그 순간 여전히 술꾼이었던 내가 그렇게 생각했으니까.

결론부터 말하면 나는 사흘 동안 술을 마시지 않고 보냈으며 그 후로도 마시지 않고 지냈다.

도대체 어떻게 했을까.

앞에서 말한 자기 인식 개조 기법, 즉 "나는 보통 이하 바보다."라는 올바른 인식에 의거해 행동하는 방법을 이용해서 극복했지만, 뭐니 뭐니 해도 새해 첫날이라는 비상사태였으므로 그것만으로는 완벽하게 대항할 수 없는 세상의 분위기라고 할까, 풍조라고 할까, 온 세상이 하나가 되어 "마셔."라고 말하며 뒤쫓아 오는 느낌이 들어 추가로 또 하나 더, 다른 기법까지 동원되었다.

바로 자기 인식 개조 기법을 세상 전체에 부연하는, 즉 '새해 첫날이란 무엇인가.'를 (결과적으로 난폭한 논리, 진귀한 논리라고 해도) 올바르게(또는 자신의 경우에 맞게) 인식하는 것으로 술을 마시지 않고 있기에 도전했다!

지금도 말했듯이 반드시 정확할 필요는 없다. 제일 먼저 이렇게 생각했다.

새해 첫날은 그냥 흘러가는 시간의, 임의의 한 점에 지나지 않고 특별한 의미 따위 없다.

그 증거로 개나 고양이가 있다. 애네는 새해 첫날을 축하하지 않는다. 평상시와 같은 자세로 언제나처럼 똑같은 것을 먹고, 평소와 다름없이 지내고, 물론 술도 마시지 않는다.

새해라고 마치 특별한 것처럼 난리법석을 떠는 것은 분명히 말하는데, 인간뿐이다. 나방, 고등, 황소, 젖소, 각종 새, 세상의 다양한 생물들이 살아서 움직이고 있지만 그 어느 것 하나도 새해 첫날 따위는 신경 쓰지 않는다.

인간은 왜 새해 첫날을 축하할까.

인간이 달력이라는 것을 가지고 있기 때문일 것이다. 해가 뜨고 해가 진다. 이것을 하루라고 정했다. 달이 차고 달이 지는 것을 한 달이라고 징했다. 별의 움직임올 보고 1년을 정하고 그에 맞춰 살아왔다. 그래서 1년에는 시작과 끝이 있다.

왜 달력 같은 것을 만들었을까.

아마도 농사를 지었기 때문일 것이다. 봄에 밭을 갈고 씨를 뿌리고 여름에 잡초를 뽑고 가을에 결실을 수확할 때 달력은 꽤 편리했을 것이다.

그래서 농업에 종사하는 사람에게는 지금도 새해 첫날이 의미 있는 날일지도 모른다. 하지만 나는 지금, 현재, 농업에 종사하고 있지 않다.

엄밀하게 말하면 과거 한때 농사를 짓기도 했다. 하지만 그것은 어디까지나 과거의 일이며 솔직히 말하자면 집 정원의, 한 평짜리 텃밭을 일구는 정도로, 재배한 채소는 열매도 맺지 못하고 갑자기 몰려든 벌레에 갉아 먹히거나 해서 황폐해진 텃밭을 황망히 쳐다보기도 했다. 지금까지 든 비용을 머릿속 주판알로 튕겨 보면 차라리 슈퍼에서 사는 편이 훨씬 경제적이다. 그렇게 혼잣말로 툴툴대다가 맥주 캔을 6개나 마셨다.

이 정도를 가지고 농사에 종사한다고 반대파 사람들이 말한다면 어쩌겠나, 상관없다. 그러나 앞에서 말했지만 전부 과거의 이야기로 지금 현재는 농사를 짓고 있지 않다. 그렇기 때문에 새해 첫날 따위, 내게는 무의미하다.

이렇게 말하면 "뭔 말이야. 그렇지 않아. 제사가 있잖아. 그러면서 신년의 첫날을 축하하는 거지. 뭐, 단적으로 말하면 1년의 운세는 새해 첫날에 좌우된다잖아. 좋게 시작해서 앞으로의 1년이 좋은 한 해가 되게 해 달라고 기도하는 거야. 다 같이 화기애애하게 떡도 먹고 신사에 가서 기도도 하고 절도 하고 그러잖아. 복 많이 달라고 다 같이 기도하고 말이지. 그 정도는 좀 알아라. 알았으면 자, 한잔하고 인간답게 굴어. 사람답게 말이야."라고 되받아칠 사람이 있을 것 같다.

너무나 잘 알고 있다, 나도.

알지, 내가 왜 몰라. 그런데 새해 첫날을 축하한다고 반드시 좋은 한 해가 되느냐 하면 그런 일은 절대로 없으며 새해 첫날을 미친 듯이 기분 좋게 보냈어도 하는 일이 잘 풀리지 않고 그 해의 마지막 날에는 무일푼의 빈털터리. 일도 집도 다 잃고 섣달의 거리를 목적지도 없이 방황하는 사람도 있고 새해 첫날에 조용히, 평상시와 다름없이 일을 했을 뿐인데 왠지 모든 일이 다 잘 풀리고 6월에는 미녀를 아내로 맞고 11월에 승진을 한 사람도 틀림없이 있을 것이다.

내가 아는 사람 중에 운세, 운수 같은 것에 관심이 꽤 많은 남자가 있다. 방위, 방향, 풍수 같은 것에 목매고 점성술, 역술, 성명 판단 따위도 일주일에 2번은 보러 다닌다. 이름은 지금까지 4번이나 바꿨다. 신사 순례와 파워 스톤 모으기가 취미이며 귀신 쫓기, 부적, 구슬 등을 늘 40개 넘게 몸에 지니고 다닌다. 어떻게 해서든 부와 명성을 얻고 싶어서 최근 20년 동안은 계속 그러고 있다.

그렇다 보니 새해 첫날이 되면 대문 앞을 소나무로 장식하고 잊지 않고 금줄까지 친다. "어디 재벌집입니까?"라고 묻고 싶어질 정도로 거대하고 화려한 것을 초라한 현관에 장식한다.

그 외에 멸치볶음, 다시마 말이, 검정콩 조림 등을 친히 큰 냄비를 써서 만들고 카가미모치* 등도 전통식으로 장식하고. 이른바 새해 첫날에 하는 행사란 행사는 빠짐없이, 전부, 깡그리 다 하고 있다.

그러나 여전히 부와 명성을 얻지 못했고, 아니 얻을 낌새조차 보이지 않으며 만날 때마다 현상을 유지하고 있다고 말하고 싶은 모양이지만, 분명히 말하는데 상황이 점점 나빠지고 있다는 느낌을 많이 받는다. 이러한 것들을 종합해 보면 주술의 일종으로써의 새해 첫날은 아무런 의미도 의의도 없다.

무슨 말이냐고? 이 날은 비상사태가 아니다. 아주 흔한, 평소와 다름없는, 변화가 없는 날. 그렇다는 뜻이다.

그래. 새해 첫날이 술을 마시는 이유는 되지 않는다. 그리고 인생은 즐거운 것이 아니므로 술을 마셔서 억지로 즐겁게 만들 필요도 없으며 즐겁지 않다고 해서 세상 사람들에게 뒤처지는 것도 아니다. 그런 줄도 모르고, 기만적인 즐거움에 제정신을 잃으면 대가를 치르느라 후일 괴로워질 뿐이다.

새해 첫날에 대한 인식을 개조해서, 나는 새해 첫날 술을

* 둥근 거울과 같은 떡으로, 일본의 새해 맞이 전통 음식

마시지 않으려 했다.

물론 마시고 싶다는 기분은 그래도 사라지지 않는다.

그러나 일단, 이런 식으로 생각하면 마시는 이유, 마셔야 한다는 도리, 마시기 위한 대의명분이 사라진다.

인간은 무엇을 하든 대의명분이나 도리 같은 것이 필요하다. 그것이 인간 속에 남은 인간다운 부분으로 고양이에게는 그런 것이 없다. 자신이 하고 싶어 하는 것을 도리나 대의명분을 빼고 실현하고자 행동한다.

인간은 그렇게 못한다. 술을 마시고 싶다고 해서 그냥 마실 수 없으며 위에서 말했듯 상당히 수상쩍은 명분이라도 있어야 마실 수 있다. 그래서 어떤 술꾼도, 음주광도, 일을 하면서 당당하게 술을 마시지 못한다. 왜냐면 거기엔 그 어떤 대의명분도, 도리도, 큰 뜻도 없기 때문이다. 그래서 숨어서 마신다.

그 큰 뜻, 대의명분을 완전히 때려 부수었으니 술을 마실 수 없다. 마시려면 "뭔 말이야. 뭐가 명분이냐. 나는 자유로워. 자유가 최고, 자유가 최고다!"라고 외치면서 모두가 속한 세상과는 다른, 나만의 세상, 나 혼자만의 세상이라는 것을 확립한, 공원에서 살 정도의 각오가 필요하지만, 그런 근성이 있는 녀석이 세상에는 많지 않다.

이런 이유로 나는 사흘이나 되는 새해 연휴 동안 술을 일절 마시지 않고 지냈다. 덧붙이자면 새해맞이 요리도 먹지 않고 가능한 편의점에서 파는 닭튀김과 호두빵을 먹으려고 노력했다. 그러던 중 월말이 다가와 26일. 곧 있으면 1월 한 달 동안 술을 마시지 않고 지낸 셈이 된다.

앞에서 달력에는 별 의미가 없다고 말했지만 그 기간 동안 마시지 않았다는 사실은 솔직히 정신적으로 큰 의지가 되었다. 즉 나는 '한 달 내내 술을 마시지 않은 남자'라는 칭호를 부여받고 이를 정신적 지주로 삼았다.

그런데 여기에서 또 하나, 그러니까 여전히 엄청나게 큰 음주 욕구와는 별도로, 또 하나의 어려운 질문을 받게 되었다.

그것은, 바로.

주변 사람들에게 금주를 선언할 것인가, 하지 않을 것인가.

금주 선언을 할 것인가 말 것인가,
이것이 문제로다

술 마시고 싶은 분위기로 가득한 새해 첫날을 무사히 넘기고 거의 한 달 동안 술을 마시지 않을 수 있었다는 사실은, 내게 큰 자신감을 안겨 주었다.

새해 첫날조차 술을 마시지 않았기 때문에 별일 없는 2월이나 6월은 그에 비하면 잽도 안 될 것이라고, 그런 의기양양한 기분에 사로잡혔다.

더 이상 술이 고프지 않게 되었냐 하면, 아니다. 매일 몇 번씩, 술을 갈망하는 욕구가 몸 저 깊은 곳에서부터 끓어오르고 있어서 안절부절못하다가 결국 편의점으로 달려가 늘 사는 컵라면, 팩소주, 또는 포켓 위스키를 사고 싶어 죽을 지경이었다.

방심하면 금주 한 달을 축하하며 한잔하자는, 이런 생각까지 하게 되었다.

그래도 꿋꿋하게 참고 있었는데 갑자기 어떤 문제에 직면했다. 내가 지금 술을 끊었다는 것을 주변 사람들에게 선언할 것인가 말 것인가 하는 문제였다.

예부터 인간은 사회적 동물이라는 말이 있지 않나. 인간은 주변 사람들로부터 영향을 받기 쉽다고 해야 할까, 주변 사람들과 관계를 맺지 않고서는 살 수 없다.

가마에 탄 사람, 가마를 짊어진 사람, 짚신을 만드는 사람. 사람의 운명이나 처지, 신분은 이처럼 각양각색으로 인간은 그 사슬 속에서 살아가며 고독을 탄식하는 사람, 고독을 자처하는 사람도 그 사슬에서 벗어날 수 없다.

그래서 남의 평판과 평가가 신경 쓰인다.

앞에서 자신과 타인을 비교해서 피해자처럼 느끼는 것이 얼마나 어리석은지 말했지만 그렇다고 모든 관계를 끊고 살라는 의미는 아니다.

길에서 만나면 "안녕하세요." 신세를 졌으면 "고맙습니다." 축하, 상서로운 일의 관계, 동네의 축제 같은 것 역시 아무래도 필요하다.

"네에에엣? 관리조합의 이사장? 나, 바빠서 안 됩니다요."
라며 귀찮아서 피하려고 하는 그런 삶을 나는 권장하지 않는다.

그래서 술을 끊었다면 끊었다고 말하는 게, 역시 주변 사람
들에 대한 예의다. 솔직히 그렇지 않나? 주변 사람들 중에는 같
이 즐겁게 마시고 신나게 놀았던 친구들도 있다. 혹은 술에 취
해서 민폐를 끼친 사람도 있다. 즐거운 시간, 슬픈 시간. 그 모
두를 함께 공유해 왔다.

그런데 말이다, 아무 말 없이 끊는다? 그런 법이 어디 있어!

뭐, 물론 개중에는 "그렇군, 그런가. 그거 축하할 일이군. 역
시 술 따위 마셔서 좋을 거 없지. 좋아. 네가 술을 끊은 기념으
로 한잔하자."라며 방해하는 나쁜 친구도 있다. 하지만 대부분
은, "뭐라고? 한 달 동안, 한 방울도 마시지 않았다고? 게다가
새해 첫날도? 대단한 의지야. 의지가 강해."라고 틀림없이 칭
찬할 것이다.

그런 걸 생각하면 역시 주변 사람들에게, 술을 끊었다고 선
언한다는 편이 좋다. 하지만 또 다른 측면에서 생각하면 선언
하면, 선언했다는 것 자체가 자신에게 부담이 된다. 흔히 말하
는 압박감, 말이다.

한다고 했으니까, 한다. 나는 그런 방법론을 좋아한다. 그래서 하겠다고 말하고 결과적으로 하지 않는 인간을 경멸한다.

예전에 무슨 일만 있으면 곧장 주변 사람들에게 선언을 하는 한 친구가 있었다. 그중에는 불가능하지 않을까 싶은 장대한 계획도 가끔 있었다.

그래도 친구들은 꿈에 도전하겠다는 그 친구를 친구로서 도와주자고 마음먹고 간이고 쓸개고 다 털어서 전폭적으로 지원했다.

그런데 당사자는 어땠나 하면, 선언하고 얼마 안 있다가, "힘들고 괴로워."라든지, "실현하려면 아무래도 ○○가 필요해."라든지, "이제 못할 것 같아. 하지만 힘낼 거야."라든지, "좋은 느낌이지만 무릎이 아프다." 등등 이런저런 이야기를 하며 난리법석 지랄을 떨었다.

그런데 말이다. 어느새 대화가 줄고 친구들도 각자 바빠서 그 일만을 생각할 수는 없는지라 그다지 화제가 되지 않게 되었을 즈음, 그리고 다들 처음의 열정과 애착을 잃었을 즈음, 그때를 노리고 있다가,

"역시 네 달 동안 장편소설을 쓰는 건 어려워. 하지만 15년 내로 반드시 완성할 거야." 라고 말해서 주변 사람들을 낙담시

킨다. 그리고 얼마 지나서 뉘우치지도 않고,

"3개월 만에 20kg 뺄 거다."

"제작위원회를 설립하고 3억 원 모아서 영화를 찍는다."

"콩고로 이민 가서 뮤지션이 될 거다."

"샤미센*을 배운다."

"미슐랭 쓰리스타 셰프가 될 거다."

등등 다양한 선언을 연발한다. 주변 사람들은 점점 그 남자를 상대하지 않게 되었고 친한 친구도 한 명 멀어지고 두 명 떨어져 나가고, 그래서 지금은 소식도 알 수 없게 되었으며 친구들이 모여도 이야깃거리로 입에 담지 않게 되었다. 아마도 어딘가에서 고독하게 살고 있겠지. 그렇게 정리되어 버렸다. 원인은 선언을 너무 자주 했기 때문으로 선언을 하지 않았다면 이런 일은 벌어지지 않았을 것이다.

그래, 맞는 말이다. "샤미센을 배운다!"라고 말하면 주변 사람들은 "아~, 샤미센을 배우러 가다니 멋지군." 하며 기대하는데 결국 기대감은 배신을 당하고 사람들은 낙담한다.

그런데 아예 선언을 하지 않았다면 어떻게 되었을까.

---

* 일본 전통 현악기

선언하지 않는 한 주변 사람들은 그가 샤미센을 배울 계획이 있다는 것조차 알지 못하니까 딱히 배우지 않더라도 별생각을 안 할 것이고, 배우지 않았더라도 "말만 앞서는 가벼운 놈."이라고 생각하지 않을 것이다. 왜냐, 모르니까.

혹시라도 배우고 있다면 "오오오오!" 하고 감탄한다. 갑자기 생각이 바뀌어 샤미센이 아니라 만돌린, 혹은 김치 만들기를 배우고 있다고 해도 감탄할지언정 비판은 하지 않을 것이다.

이런 식으로 생각하면 선언하지 않는 편이 제일 좋다. 그런데도 사람은 왜 선언을 하고 싶어 하는가. 그것은 위에서 말했던 압박감과 관련이 있다.

무슨 말인가 하면, 인간은 약해서 아무래도 자신에게 관대해진다. 그래서 주변 사람들에게 선언해 버리면, 해야 한다는 압박감을 자신에게 부여할 수 있기 때문에 선언한다.

이런 것은 국가의 정책에서도 자주 볼 수 있다. 정부로서는 어떤 정책을 펼쳐야 하는데 반대하는 사람이 있어서 이러지도 저러지도 못하고 있는 경우, 타국에게 한 마디 해 달라고 부탁한다. 그리고 그것을 들먹이며 "하고 싶지 않지만 외국에서 저렇게 나오니까 어쩔 수 없다."라고 말해 억지로 납득시킨다. 이것을 전문가들은 외압이라고 한다.

자신을 몰아붙이기 위해서 일부러 외부로부터의 압력과 중압감을 부여한다. 자신만의 판단으로 하다가는 자신에게 관대해져서 실패하는 경우가 생기기 때문이다.

선언을 사용해서 자신을 몰아붙이면 기대했던 소정의 목적을 달성할 수 있다.

그렇다고는 해도 인간에게는 가능한 것과 불가능한 것이 있다. 아무리 몰아붙여도 4개월 내에 하마로 변신한다는 따위의 일은 불가능하다.

불가능한 일로 압박을 받으면 인간은 어떻게 되는가. 무시무시한 일이 벌어진다. 예를 들면 원래부터 썩 똑똑하지 않은 아이에게 부모가 "무슨 일이 있어도 도쿄대학 법학부에 합격해라. 아니면 밥 안 준다."라고 압박을 가하면 어떻게 되는가.

열심히 해도 아무리 열심히 해도 안 되니까 울화가 치민 아이는 그만 미쳐 버려서 은둔형 외톨이가 된다. 이 정도면 그나마 다행이다. 사람들이 싫어하는 펑크 로커가 되어 온 세상에 민폐와 소음을 마구 퍼뜨리는 등등 최악의 사태를 초래할 수도 있다.

그러므로 선언을 해서 자신에게 압박을 가하는 것이 좋은 결과를 남길 것인가에 대해서는 신중하게 판단해야 한다.

난 어땠을까. 주변 사람들에게 선언을 했을까? 통신 기술이 널리 보급된 요즘, 마음만 먹으면 일반인이라도 상당히 많은 사람들에게 선언을 할 수 있다.

결론부터 말하면 나는 선언을 하지 않았다. 가장 가까운 가족에게조차 금주라는 말을 입에 올리지 않았다.

왜? 종합적으로 판단했다. 판단에 가장 큰 영향을 미친 것은 바로 도고 헤이하치로 원수의 가르침이다. 어릴 때부터 마음속 깊이 담아두고 있는 말이다.

불언실행不言實行.

이런 말을 하면 페미니스트에게 죽임을 당할지도 모르지만 역시 남자란 과묵한 편이 멋져 보이고, 뭔가를 할 때도 사전에 재잘재잘 선전을 하기보다 말없이 실행하는 편이 여자들에게 인기가 있을 것 같은 기분이 들기 때문이다.

여성에게 "선반을 달아 주실래요?"라고 부탁받았을 때, '선반의 역사' '선반의 구조' '선반과 문학' '왜 지금 선반인가?' 같은 말만 해대면서 좀처럼 선반을 달지 않고 목이 말라서 차를 달라고 말하는 녀석과 아무 말 없이 도구함을 가지고 와서 묵묵히 선반을 달고 말없이 돌아가는 녀석, 어느 쪽이 여성에게 인기가 있을까. 생각하고 말고 할 것도 없다.

물론 나는 여성에게 사랑받으려고 술을 끊은 건 아니지만 일부러 경멸당할 필요는 없지. 끊지 못했다면 틀림없이 주변 사람들로부터 인격적으로 평가 절하를 당할 것이다. 뭐하러 그런 리스크까지 감수해 가면서 선언을 해야 하나. 그럴 필요성은 어디에도 없다.

그 후 금주 3개월 시점에 주변 사람들에게 술을 끊고 있다고 말했다. 그때도 "실은 3개월 동안 술을 안 마시고 있어." 정도만 말했을 뿐, 금주 중이라는 선언은 하지 않았다.

내가 술을 끊었다고 분명하게 말한 것은 금주 1주년이 지나고 나서다. 한 가지 말해 두고 싶다. 그렇게 했다고 여자들에게 인기가 많아진 건 아니다. 이 점을 덧붙여 둔다.

3개월 동안 술을 한 방울도
마시지 않은 남자의 자신감

3개월이란 인간에게 어떤 의미일까. 모른다. 알 턱이 없잖나. 단지 금주에 있어서 3개월은 두 가지 큰 의미가 있다.

첫째, 금주가 길어질수록 술에 대해서 생각하는 시간이 점점 짧아진다. 이미 말했지만 3개월 지나면 술을 생각하지 않는 시간이 훨씬 늘어나고 잘못했다가는 하루 종일 술에 대해서 생각하지 않는 날도 생기고 그 후로는 가속도가 붙어 술을 생각하지 않는 시간이 점점 길어진다. 그런 의미에서 3개월은 하나의 분기점이 된다.

왜 그런지 전문가나 의사에게 물어보지 않으면 알 수 없지만 세상의 식견으로 말하면 어떤 분야에서든 3개월은 하나의 기준이 되어 있다.

예를 들면 아르바이트 같은 것도 3개월의 인턴 기간이 있다. 3개월 동안 일단 써 보고 고용해도 될 만하다 싶으면 정식으로 채용한다 같은 흐름이 세상에는 성립되어 있다.

기업 실적이든 뭐든 분기별로 판단한다. 분기, 즉 3개월마다 계산해서 만약 매출이 낮거나, 이익률이 낮으면 경영자는 초조해진다. 초조해서 새로운 경영 전략을 세우면 다음 3개월 동안의 실적이 더 나빠진다.

책이든 뭐든 다 그렇다. 인쇄되어서 서점에 진열되고 한 3개월 정도 지나면 책이 폭발적으로 팔려서 돈을 쏠쏠하게 벌 수 있는지 그렇지 않은지 알 수 있다. 그래서 책의 저자는 3개월 동안은 "엄청나게 팔려서 막대한 인세가 들어오면 맨션 베란다에서 소나 키울까? 그리고 매일 아침 신선한 우유를 마시는 거지." 같은 꿈을 꾼다. 꿈을 꾸니 일이 손에 잡히지 않는다. 그러면 담당 편집자도 어쩔 수 없이 3개월 동안 "목초는 인터넷에서 살 수 있습니까?"라며 적당히 장단을 맞춰주고 3개월 후, 저자가 현실 세계로 돌아오기만을 기다린다.

이런 식으로 3개월이라는 기간은 인간에게 있어서 수많은 분기점 중 하나로 금주에서도 마찬가지다. 춘하추동, 한 계절만이라도 마시지 않고 보낼 수 있다면 다음 계절은 실제로, (전에 비해) 충분히 편하게 금주 생활을 할 수 있다.

또 하나는 3개월 동안 단 한 방울도 술을 마시지 않았다는 성취감이 새해 첫날보다 약 6배, 자신감은 새해 첫날보다 약 10배나 높아졌다는 점이다.

물론 이 숫자에는 객관성이 결여되어 있지만 원래 자신감이나 성취감이란 주관적인 것으로, 솔직히 말해 이래 봬도 상당히 이것저것 고려한 숫자다. 당시의 감각으로 말한다면 성취감은 10배, 자신감은 15배 정도였다.

"3개월 동안 술을 단 한 방울도 마시지 않은 남자."

나는 멋진 남자가 되었다. 멋진 남자, 의지가 강한 남자, 역사상으로도 드물지 않나?

말은 이렇게 했지만 당연히 말도 안 된다는 거 아주 잘 알고 있으며 근처의 한심한 아저씨라도 3개월 아니, 10년이나 20년 정도 술을 안 마시고 있을지도 모른다.

안다, 알지만 뿌듯하다. 이것이 바로 위에서 말한 3개월의 마력이다.

유대교의 나실인이라는 단어가 떠오른다. 떠오르기만 할

뿐 뭔지 몰라서 위키피디아를 찾아보니 신에게 특별한 서약을 하고 포도주와 포도식초를 마시고 머리카락을 자르지 않으며 부모가 죽어도 장례식에 가지 않는 사람이다. 왜냐면 더럽혀지기 때문이다. 상당히 위대한, 신에게 선택된 사람. 이런 사람으로 예언자나 복음서의 첫 부분에 나오는 세례자 요한, 그리고 또 저 유명한 예수 그리스도도 나실인이었을지도 모른다고 적혀 있다.

뭐 물론, 나는 예언자다. 나는 신에게 신성하게 선택받았다. 이런 과대망상증 같은 게 3개월이 지났다고 해서 갑자기 멘탈에 장착될 리 없지만 뭐, 나는 평범한 사람은 아니구나, 하는 정도는 아무래도 생각하게 된다.

그러나 동시에 위기도 있었다. 타인과 자신을 비교함으로써 자신을 상대적으로 이해해서는 안 되며, 무턱대고 자신을 별거 아니라고, 위대하지 않다고 생각하지 말고 정확한 가치를 자각해야 하고 원한을 가지거나 자만해서 안 된다는 금주 방법론을 이때 방치해 버렸다.

그 결과가 다음과 같은 형태로 나타난다.

"이야~, 나도 열심히 했어. 이렇게 열심히 한 사람, 옛날부터 따져 봐도 드물지. 그러니까 칭찬받는 게 당연하지."

"칭찬이 뭔데? 돈? 여자? 명예? 갖고 싶지. 원하기는 하지만 쉽게 손에 넣을 수 있는 것도 아니고 금주는 개인의 문제. 타인과 상관없어. 그러니까 칭찬은 스스로 해. 말하자면 자기 자신에 대한 칭찬."

"그럼 뭐? 비싼 시계? 아니면 1박 2일 여행? 아니아니아니. 내가 원하는 칭찬은 그런 게 아니야. 그런 게 아니라고."

"그럼 뭘까. 정해져 있지. 주님의 피, 와인 말이야. 와인이 없다면 과일주지. 과일주가 아니면 막걸리지. 막걸리가 아니면 메탄올이라도 괜찮아. 어떠냐. 네가 술 중독이라도 괜찮아. 괜찮아아아. 술이다, 술!"

"물론 그래서 금주가 아이고 어쩌냐~ 같은 상태가 된다는 건 알지. 그런데 말이야, 날 우습게 보지 말라 이거야. 나는 신성하게 선택받은 인간. 3개월 금주를 달성한 위인이라고. 지금 하루 마신다고 무슨 문제가 있을까. 또 내일부터 3개월, 아니, 아니아니아니. 6개월 마시지 않겠다. 나는 할 수 있습니다요~. 결과를 냈습니다요~. 실적을 보십시오. 실적으로 판단하십시오. 착각과 편견은 사양합니다요~."

이런 걸 어떻게 이렇게 잘 아느냐고? 내가 그랬으니까. 꽉 들러붙어서 떨어질 것 같지 않은 강한 욕구와 갈망은 아니지만 성취감이 도리어 술에 대한 욕구를 자극하는 상태가 되었다.

그리고 그때, 그러니까 그해의 3월. 또 한 번의 위기가 닥쳤다. 바로 1박 2일의 게센누마* 여행이었다.

잘 알겠지만 인간은 여행을 떠나면 마음이 풀어진다고나 할까, 뭐 정확하게 말하면 술을 마시고 싶어진다. 주변 사람들을 보자면, 도착하기도 전인 열차 안에서부터 마시기 시작한다.

이슬람교에는 매일 지켜야 하는 계율이나 단식 등이 있지만 종파에 따라서 여행 중이라면 단식은 안 해도 된다고 들었다.

나는 이슬람교도가 아니지만 가르침을 반드시 지키고 올바르게 사는 이슬람교도조차 여행 중에는 엄격함에서 해방된다. 그렇다면 이슬람교도도 아닌 나는 더더욱 엄격할 필요가 없으니 오히려 술을 솔선수범해서 마셔야 한다고, 여행을 가기로 결정한 바로 그 순간, 이런 생각이 뇌리를 스쳤다.

게다가 목적지가 전국적으로 유명한 항구 도시, 게센누마 아닌가.

"선을 넘는 이슬람교. 오늘도 금주는 저 멀리 가버린다. 당

---

* 미야기현의 태평양 연안에 있는 도시

244

신에게 준 돈을 돌려 줘. 항구, 항구, 하코다테. 해장술."

모리 신이치의 히트곡 '항구도시 블루스'에서 가사만 살짝 바꿨지만 어쩐지 그 노래의 가사가 떠오른다.

물론, 관광이나 유람을 하는 여행이 아니고 의뢰를 받아서 떠나는 출장이었다. 그래서 일반 여행처럼 느슨해져서 술을 마실 일은 없다고, 처음엔 그렇게 생각했다. 그런데 사정이 살짝 바뀌어서 일은 일인데 그 일이라는 것이 다양한 곳을 관광하고 동행하는 스태프가 그 모습을 사진 촬영하거나 글로 쓰거나 하는 것이었다. 일이지만 내용은 일반 여행과 조금도 다를 바 없었다.

일이라면 식사다 뭐다를 편의점에서 도시락이나 컵라면으로 때우거나, 아예 건너뛰거나 할 수 있지만 게센누마 출장은 점심도 저녁도 맛있는 요리를 먹어야 했다.

그것도 보통 요리가 아니라 도심 최고급 레스토랑에서도 거의 볼 수 없는, 호화로운 해산물이 잔뜩 올라간, "이 상황에서 사케를 마시지 않는 사람이 있다면 머리가 이상한 거야."라고 할 정도의 요리가 차려져 있는 테이블에 앉게 되었다.

실제로 내 머릿속은 술, 술, 술에 대한 갈망으로 조금씩 이상해졌다.

결국 여기까지인가. 금주 3개월을 달성했고, 여행도 왔고, 해산물이고, 이슬람교도도 아니고, 머리가 이상해져 있고, 그러니까 일단 오늘은 마시자. 그리고 내일 아침 일찍 바다에 뛰어들어 죽어버리자. 그게 최선이다. 허기진 바닷새의 먹잇감이 될 수 있도록 절벽에서 뛰어내리자. 이 한 몸, 새에게 바치자.

그런 말이 내 머릿속에서 맴맴맴 돌았고 자그만 소리로 중얼거렸다.

그때 구원의 손길이 등장했다. 동행한 스태프 두 명이 전혀 술을 못 마신다고 했다. 식사 때 "술을 안 시켜도 되겠는가?"라는 질문을 받은 나는 작은 소리로 현재 단주 중이라는 사실을 고백했다. 그때 동행한 아무개 씨가 이렇게 말했다.

"아무리 생각해 봐도 술을 마셔서 좋은 일은 하나도 없죠."

"이전부터 그렇게 생각하고 있습니다."

덕분에 나는 아슬아슬하게 호랑이 입 바로 앞에서 무사히 도망칠 수 있었다. 셋은 평화롭게 물만 마시며 여행지의 맛난 저녁 식사를 마칠 수 있었다. 당연히 다음 날도 술은 단 한 방울도 마시지 않고 무사히 집으로 돌아왔다.

이 일은 두말할 것도 없이, 내 자신감과 성취감에 불을 지폈다. 당시의 일을 자랑스럽게 생각하며 나는 단주 반년이라는 금자탑을 세우게 되었다. 아, 내가 반년이나 술을 마시지 않았다니.

술 지옥에 빠져 괴로워하던 때라면 상상조차 할 수 없는 일이다. 그 후 내가 어떤 인간이 되었는가. 어떤 이득을 얻었는가. 지금부터 얘기해 보자.

술 없이 맛있는 음식을
먹고 싶지 않다

단주 반년. 이 놀라운 업적을 달성한 나는 자신감과 자랑스러
움으로 충만했다. 넘치는 자신감과 자랑스러움에 늘 웃으며 지
냈나? 그런 건 아니었다.

표면적으로는 평상시와 다름없었다고 말하고 싶지만 술을
마시고 기분이 좋아지지 않는 만큼 음침하고 초라하고 기운
없는, 아저씨 티가 팍팍 나고 여자들에게 인기가 있어서 걱정
하는 건 남의 일이라서 다행이라고 스스로 납득시키고, 어슴푸
레한 글쟁이의 길을 혼자서 터벅터벅 걸어가고 있었다.

하지만 내심 자신감은 있었다.

그러나, 그것은, 어디까지나, 마음의 문제에 지나지 않았다.

그렇다고는 해도. "음…"이라는 말과 함께 "음, 왠지, 좀 살이 빠졌는데?"라는 말을 듣기도 했다.

한두 사람이 아니다. 그렇다고 30명은 아니지만 20명 정도에게 "왠지 살이 빠진 것 같은데?"라는 말을 들었다.

그러니 틀림없이 좋은 일이다. 왜냐면 요즘의 추세를 살펴보면 살이 쪄서 통통한 것보다는 홀쭉하고 늘씬한 편이 호감을 준다고나 할까, 뭐, 솔직히 말해 여자들이 호감을 가지는 경향이 있기 때문이다.

게다가 나처럼 나이를 먹은 남자, 즉 아저씨가 비만이면, 극도의 혐오 대상이 되어 박해 또는 차별을 받는다. 그렇다고 규탄할 수는 없다. 왜냐면 아저씨는 아저씨로 그만큼 뻔한 속셈이 있으니까.

이렇게 말하면, "아니, 그런 거 없어. 나는 상대방이 누구든 개인의 존엄을 존중하고 있기 때문에 에로틱하고 그로테스크, 난센스한 그런 거랑 거리가 멀어. 나는 군자야."라고 말하는 사람이 나타난다. 하지만 이런 말을 당당하게 말하는 사람일수록 뒤에서 야비한 짓을 하고 있는 경우가 많다.

또 이렇게 말하면 "아니, 그런 거 아냐. 아니, 아예 생각도 안 해."라고 부르짖는 고결한 사람이 등장하는데, 실제로 그런 사람이 있다. 그때는 사과한다. 아니, 혹시나 하는 마음에서 먼저 사과해 둔다. "미안, 용서해. 내가 잘못했다."

응? 내가 지금 무슨 얘기를 하는 거지? 아, 그래, 뚱뚱한 아저씨는 박해받아도 항변할 수 없다. 이거지?

그래, 뚱뚱한 것보다는 마른 편을 선호하는 세상이니 "좀 살이 빠진 것 같은데?"라는 말을 들으면 기분 좋다.

살이 빠진 원인? 딱히 특별한 걸 한 기억이 없으니까 아마도, 틀림없이, 금주, 단주의 효능일 것이다.

왜 술을 끊으면 살이 빠지는가. 나는 전문가가 아니라서 잘 모르지만 인터넷에서 금주 체험담을 읽어 보면 술을 끊었더니 살이 빠졌다는 사람이 많다. 추측이지만, 요컨대, 맛있는 술에는 아무래도 맛있는 요리가 세트로 따라오니 술을 마시면 마시지 않을 때에 비해 먹는 양이 늘어서 그렇지 않을까 싶다.

내 경우도, 예전에 가난해서 쥐뿔도 없는 주제에 술안주로는 좋은 고기나 생선을 자주 먹었다. 오로지 맛있는 술을 마시고 싶다는, 술이 고픈 마음 때문이어서, 배고파서 참치 뱃살을 산처럼 올린 덮밥을 게걸스럽게 먹는 일은 결코 없었다.

맛있는 안주와 맛있는 술의 세트가 인생의 습관, 주의, 신조였으므로 술을 끊자 요리만 단독으로 먹는 일은 사라졌고 내 밥상에서 맛있고 호화로운 요리가 소멸했는데, 그렇다고 불만스럽지도 않았다. "술도 안 마시는데 그런 거 먹는다고 무슨 의미가 있겠나?"라는 이유에서다.

그 결과, 나는 극도로 검소한 식사를 하게 되었고 체중이 줄었다.

이것은 내게만 한정된 극단적인 예일지도 모르지만, 술을 끊은 많은 사람들이 체중 감소를 체험하고 있다.

어떤 이는 술 비만을 간 때문이라고 설명한다. 어떤 것인가 하면, 술, 알코올을 간이 분해한다. 그러므로 우리들은 술을 마셔도 죽지 않는다. 그러나 그때 간은 꽤 고생하고 있기 때문에 다른 일을 할 수 없다. 그 결과, 신진대사가 둔해져서 비만이 된다는 메커니즘이다. 거짓인지 진실인지 모르지만, 뭐 그럴 수도 있겠다 싶다.

어쨌든 나는 체중이 줄어서 남들에게 "살이 빠졌네."라는 말을 듣게 되었다. 그래서 시험 삼아 체중계에 올라가 봤더니 8kg이나 줄어 있었다.

8kg이라면 소형견 한 마리의 체중에 필적한다. 지금껏 소형견 한 마리를 몸에 붙이고 살았나 싶으니, 웃기기도 하지만

역시 무겁고, 가능하면 알아서 걸어 줬으면 하는 심정이 절실해진다.

늘 몸에 붙이고 다니던 소형견 한 마리가 갑자기 사라졌으니 주변 사람들이 바로 알아차리는 것도 당연하다.

자, 이것으로 뚱뚱하고 추한 아저씨라고 박해와 차별받는 일은 사라졌다. 그래서 나는 한발 더 나아가 여자들이 호감을 가져 줄지도 모른다며 잘 나가는 아저씨 느낌이 나도록 신경도 좀 쓰고 사람들이 모이는 곳에 적극적으로 외출해 같잖은 포즈를 취하고 농담도 던지며 사람들을 웃기는 등 이런저런 짓을 해 봤다.

그랬더니 얼굴만 아는 여자가 저쪽에서 다가왔다. 오~, 효과 직빵이다! 여자는 미간을 찡그리며 말을 걸었다.

"오랜만에 봬요. 근데 어디 몸이 안 좋으세요?"

"윽!"

나는 짧은 비명을 지르고 후다닥 그 자리에서 벗어나 집으로 도망치듯 돌아왔다. 나, 나만큼 나이를 먹으면 살이 빠져도, 날씬해져도, 멋있어졌다는 말을 듣는 게 아니라, 병에 걸렸다고 생각하는 게 보통이라는 세상 풍조를 망각하고 있었다.

그러나 실제로 병에 걸린 건 아니니까 마음속에서 지워버렸다. 체중 감량은 좋은 일, 금주로 얻은 이득이다. 나는 예전에 펑크 로커 시절에 입던 옷을 입고 "나는 무정부주의자다!"라고 소리를 지를 수 있게 되었다.

그 외에 또 어떤 일이 있었는가. 단순히 체중만 줄었을 뿐인가? 그건 아니고, 실은 다양한 일이 있었다.

예를 들면 이것도 과학적인 근거는 없지만 머리가 좀 좋아진 것 같다. 전에는 뭐랄까, 뇌가 상당히 그, 그러니까, 술에 쩔어 있어서, 그니까, 술지게미에 뒤덮인 상태였다고나 할까.

이런 상태를 알려준 것은 다름 아닌 사용하고 있는 석유 난로다. 요 석유 난로는 실로 괘씸해서, 일산화탄소 중독을 방지한다는 이유로 3시간 이상 연속해서 사용할 수 없도록 설계되어 있다.

그럼 3시간이 지나면 어떻게 되는가 하면, 타이머가 작동해서 자동 정지한다. 솔직히 말해서 틈새 바람, 외풍이 마구 부는 날림공사 집에 사는 내게는 전혀 쓸데없는 장치로 그냥 떼어 내 버리고 싶지만 공장에서부터 이미 내장되어 있는 거라서 절대 해체 불가란다. 그래 뭐, 다들 외풍, 틈새 바람이 부는 집에 살고 있는 것도 아니고, 세상에는 기밀성이 높은 훌륭한 집에 살고 있는 사람도 많이 있으니까, 그러니 이런 장치가 내장되어 있는 것도 어쩔 수 없다. 그래, 그렇게 생각한다. 하지만 절대로 용서할 수 없는 점이 있다. 정지할 거면 조용히 정지하면 될 것을, 이 어리광만 부리는 씨발 새끼는 정지할 때마다 멜로디를 틀어 재긴다. 게다가 멜로디라는 게 뭔지 아나? '러브 미 텐더'라는 사실.

즉 이 씨발 새끼는 제멋대로 작동을 정지하면서 "나는 작동을 멈춰. 하지만 사랑해줘. 부드럽게 사랑해줘."라고 씨부렁거린다. 인간이었다면 벌써 옛날에 저세상 사람이 되었을 것이다. 그러나 석유 난로니까 그럴 수는 없고 추운 겨울 저녁, 덜덜 떨면서 술이 힘을 빌려 겨우 잠드는 내가 3시간마다 이 지긋지긋한 '러브 미 텐더'에 잠을 깼다. 그리고 다음 날은 숙취에 수면 부족까지 더해져 막 일어났는데도 이미 뇌가 피곤해져 있어서 일도 제대로 할 수 없고, 덕분에 나에 대한 세상의 평가는 끝도 없이 추락했다.

그런데 술을 끊고 나서 '러브 미 텐더' 때문에 새벽에 잠을 깨는 일이 없어졌다. 왜일까. 일반적으로 생각하면 잠이 깊어졌기 때문으로 왜 잠이 깊어졌냐고 묻는다면 술지게미에 덮여 있던 술에 쩐 뇌에서 그놈의 술지게미가 싹 사라졌기 때문이라고 나는 생각한다.

　한밤중에 부드럽게 사랑해달라고 노래하는 정신 나간 놈의 목소리를 듣는 일이 거의 사라졌고 숙취도 수면 부족도 사라졌다. 그렇다고 해서 석유 난로를 용서한 건 아니지만 뇌에서 술지게미가 사라졌으므로 마음의 '여유'가 생겼고 또 '친절함'과 '따스함'이라고 하는 개념이 내 속에서 싹트기 시작해 전만큼 두들겨 패고 싶다는 생각이 들지 않았다. 하지만 조금 때리고 싶다는 생각이 드는 걸 보니 아직 조금이지만 술지게미가 남아 있는 것 같다.

　그리고 무엇보다 중요한 '일'은 어떻게 되었냐면, 그래, 세간의 평가가 확 상승했다는 얘기가 지금껏 들려오지는 않지만 사고가 한층 더 깊어졌다고나 할까, 술을 마시고 있던 시절에는 술지게미가 방해해서 연결되지 않았던 뇌의 와이파이가 연결되어 각 부서간의 연락이 원활하게 이루어져 모두가 스트레스 없이 일을 할 수 있게 된 것 같다.

　뭐, 이것 또한 주관적이지만 숙취 없이 잠을 깊이 자는 것만으로 시간당 일의 효율이 올라갔다고 확신한다.

　내 경우, "오늘은 이 정도만 하면 된다."라고 계획을 세우고 시작했는데 다 끝내고 보니까 계획의 약 1.5배부터 2배 정도까지 진행되어 있었다.

지금까지 체중의 감소와 수면의 질 향상을 말했다.

이어서 다른 변화도 얘기해 보자.

아아,
놀라운 금주의 이득이여

술을 끊고 나서 살이 빠졌다는 것은 확실하다. 그러니까《금주로 힘들이지 않고 살을 빼자! 절대 보장!! 금주 다이어트(수면의 질도 팍팍 향상!)》라는 책을 내서 180만 부 정도 인쇄한 후 다 팔아 버리면 막대한 이익을 올릴 수 있겠다.

그래서 한때 나도 한번 해볼까 생각해 봤지만 그만뒀다.

이유는 여러 가지로 일단 돈을 벌었다고 한들 쓸 데가 없다. 아니다, 그럴 리 없다, 돈이 필요 없을 리 없으며 노후를 고려하면 많이 있는 편이 안심된다고 친절하게 가르쳐 주는 분도 있어서 그 고마움에 눈물이 날 지경이다.

하지만 참으로 죄송스럽지만, 아니다. 사용할 데도 없는데 고생해서 번 돈을 통장에 넣어 두고 세금을 낸다니 아무리 생각해도 손해다. 노후를 위해서라고 하지만, 만약, 만일에 말이다, 그 동안 인플레이션이라도 일어나면 돈의 가치가 뚝 뚝 떨어질 것이고 노후 자금이 부족해질지도 모른다. 혹시 그렇게까지는 아니더라도 "그렇게 되면 어떻게 하나." 좌불안석인 상태에서 생활을 할 것이고 결국에는 공포를 견디지 못하고 다른 금융 자산도 사 두자 싶어 샀다가 큰 손해를 보고 재산을 몽땅 다 잃어버릴 수도 있고 충분한 지식이 없어서 엄청난 빚을 지게 되어 어쩔 수 없이 파산, 더러운 거리로 내몰려 굶어 죽는, 이런 일두 벌어질 수 있지 않을까. 가능성이 제로는 아니다, 아니, 높다.

또 다른 이유로, 출판사가 아예 180만 부를 인쇄해 주지 않는 것이다. 그러면 80만 부 정도는 인쇄해 주지 않을까 싶었는데, 무슨 소리, 그것조차 안 해준다. "좋아 뚝 잘라서 1만 8,000부는 어때? 적다, 적어."라고 말했더니, "노노노노."라고 한다. 도대체 왜 그러냐고 물었더니, "당연히 안 팔릴 거니까 처음부터 인쇄 안 하는 겁니다. 일단 자택으로 돌아가셔서 얼굴이나 씻으시고. 두 번 다시 오지 마십시오."라고 툭 던진다.

모처럼 애써서 글을 쓴 노력이 완전히 물거품이 되어 버린다. 처음부터 안 썼어야 했다. 그게 현명했다.

이렇게 냉정하게 생각할 수 있게 된 것 또한 금주의 이득이라고 할 수 있을지도 모르겠다. 술을 끊어서 매일 쓰는 돈이 많이 줄었기 때문이다.

제일 알기 쉬운 것이 바로 매일 소비하던 술값이다.

나는 도심에서 떨어진 산속에 살고 있고 집 근처의 술집이나 작은 요릿집, 바 같은 곳에서 술을 잘 안 마신다. 술 빚는 곳에서 산(이라는 것은 겉멋이고 사실은 장바구니를 들고 슈퍼마켓에서 사 온다) 술을 반주 삼아 마신다. 그래서 돈을 많이 쓰지 않았다고 생각했다. 그런데도 한 달, 일 년 단위로 계산하니까 어마어마한 금액이 되더라.

하루 평균, 그래, 한 3만 원어치는 사지 않았을까. 그러면, 한 달에 약 90만 원, 연간 1,080만 원. 인간의 번뇌가 108개라지. 이것을 25년 동안 계속해 왔으니 1억 7,000만 원. 인간 번뇌의 250배다. 작은 맨션의 선금 정도는 치를 수 있는 금액이다.

내 경우에는 끊은 지 3년 지났으니까 3,240만 원. 독자 여러분들로서는 큰돈이 아닐지도 모르지만 나로서는 눈이 번쩍 뜨일 만큼 큰돈이다.

물론 그것이 깔끔하게 돈다발로 눈앞에 있는 것도 아니고 그저 지갑에서 돈이 나가는 속도가 완만해졌다고 체감하는 것에 지나지 않지만, "우아악, 돈이 없어엇. 어떻게든 해서 돈을 마련해야 해에에에."라고 절규하는 일이 줄었다.

또 매일 씀씀이가 줄고 동시에 가끔 모임 때문에 외출을 해도 술을 마시지 않기 때문에 다리와 허리, 두뇌가 환상 속에 들어가지 않고 분명히 현실에 잘 남아 있었다.

이전에는 모임에 가면 말술도 사양하지 않겠다는 기세로 따라주는 대로, 아니, 따라주지 않으면 잔에 직접 따르고, 그곳의 누구보다도 술을 퍼마시고, 한 시간 반 정도 지나면 발목, 다리, 허리가 후들후들, 두뇌는 어찔어찔, 절반 이상은 환상 세계의 주인공이 되어 있으니 당연하게도 버스나 지하철, 기차를 탈 수도 없고, 택시로 귀가하거나 그것조차 못하면 호텔을 잡아서 하룻밤 자는 일이 수도 없이 벌어졌었다. 호텔비에 택시비까지 꽤나 들었지만 이제 그럴 필요가 없게 되었다.

그것보다. 나는 이런저런 사정이 있어서 오전 중에만 일할 수 있는 데다가 또 일을 하려면 매일 사용하고 있는 도구와 자료가 필요하다. 그런데 밖에서 하룻밤 자면 도구나 재료가 없으니 일을 못하고, 집으로 돌아오면 이미 오후라서 일을 할 수 없고, 하루치 일당이 혹 날아가 버린다. 그렇다면 호텔에 묵지 않고 택시로 돌아가면 되지 않느냐고 하겠지만, 좀 전에 말했듯 우리 집은 도심에서 떨어진 산속에 있어서 약 두 시간 걸려서 택시로 돌아가면 택시비가 도심의 그럭저럭 하는 호텔에 숙박한 것과 비슷한 금액이 된다. 뭐, 일당을 훨씬 웃돈다.

그래도 어떻게든 집에 돌아가면 다음 날은 도구도 있고 자료도 있어서 일을 할 수 있으니 조금이나마 피해 금액을 줄일 수 있지 않느냐는 계산이 성립되지만 이것은 탁상공론에 지나지 않는다.

어떻게든 해서 새벽에 겨우 집에 도착한 다음날 아침은 상당한 확률로 숙취라고나 할까, 여전히 멀쩡하게 취해 있는 일이 허다했다. 그런 상태에서 글을 쓴다면 어떻게 될까. 실제로 쓴 것을 보면,

대파는 상당히 유익한 식물이다.

라고 말하지만 대부분의 사람은 대파를 스네어 드럼을 칠 때는 사용하지 않는다.

옛날, 하야노 봄페이라는 남자가 있었다. 좋은 녀석이었다.

라고 해서 필자, 직접 면식이 있는 것은 아니다.

폼페이에서 불교의 유식을 배웠다, 단지 그런 어렴풋한 인연이 있을 뿐이다. 게다가 거짓말이다.

거짓말쟁이는 도둑의 시작. 술은 백약의 으뜸. 잠깐, 오늘은 날씨가 좋다.

아하~ 레이다 소라, 소~ 밤 고생 감기. 항구에서 배의, 징의 뿌리 많은 죽음.

그런 노래가 갑자기 입에서 나온다.

카와이 소라를 동경한 남자가 산속 오솔길을 따라 하와이를 향한다. 그리고 감기에 걸린다.

라고, 그때, 그때, 하야노 봄페이가 대파를 코에 집어넣더니 묘한 가락을 연주하고 있는 것마우 틀림없다. 하나 나온 호이, 요사호 이노호이. 나는 그때 대파로 징을 두드릴 것인가?

도저히 어디 내놓을 수 없는, 처참한 글이다. 그런 이유로 술을 마시면 돈이 사라진다.

그런데 술을 끊은 지금은 어떤가. 모임에 나갔지만 술을 마시지 않았기 때문에 몸도 두뇌도 평상시와 다름없이 움직인다. 그래서 버스나 지하철을 탈 수 있고 또 기차를 탈 수 있으므로 집으로 씩씩하게 돌아올 수 있다. 택시비가 굳는다.

그러나 어쩔 수 없는 사정으로 2차까지 가게 되어서 늦었다면 호텔을 잡아야겠지. 그러나, 하지만, 크크크, 그런 상황이 예상될 경우에는, 자가용을 몰고 가니까 직접 운전해서 돌아간다. 이전에는 꿈에도 생각지 못했던 일로, 왜냐면 그랬다가는 음주운전이라는 큰 범죄를 저지르는 셈이 되니까.

그래서 술을 마시겠다 싶은 날에는 비가 내리든, 창이 쏟아지든, 자가용으로 가는 게 편해도 열차를 타고 갔다. 하지만 그런 걱정이 사라진 지금, 차를 몰고 가서 그날 안에 돌아올 수 있기 때문에 숙박비를 절약할 수 있다.

다음 날은 숙취가 없으므로 평상시와 같은 컨디션으로 일을 할 수 있고 하야노 봄페이가 등장할 일도 거의 없으니, 쏠쏠하게 일당을 벌 수 있다.

그런 이유로 술을 끊으면 경제적으로 이득이 상당하다고 할 수 있다. 죄송하지만 체감상, 연간으로 계산하면, 내 경우에는, 으음~, 한 1,800만 원? 그 정도는 되지 않을까.

분명히 말하지만 엄청난 금액이다. 이렇게 됐으니,《순식간에 3억! 금주로 가능한 최강의 돈 모으기 동시에 건강까지 내 것으로》라는 책을 12만 부 정도 인쇄해서 착실하게 이익을 올리는 일도 충분히 가능하지만 뭐, 그건 됐고, 어쨌든 금주하면 돈이 절약된다는 사실은 확실하게 말해 둔다.

지금까지 언급한 금주로 인한 이득을 정리하자면 다음과 같다.

① 다이어트
② 수면의 질 향상
③ 경제적 이익

모두 마음에 꼭 드는 이득이지만 금주의 이득은 이것만이 아니다. 앞에서 약간 언급한, 뇌가 좋아진 듯한 느낌도 있다.

무슨 말인가 하면, 일을 하고 있을 때, 혹은 뭔가에 대해서 생각하고 있을 때 실감하지만, 술을 마셨을 때에 비해 생각 하나하나가 연결된다고 할까, 하나와 또 다른 하나가 딱 연결되거나, 혹은 하나의 또 다른 일면을 알아차리는 현상이 뇌에서 일어나기 시작한다.

이것이 어떤 것이냐면 뇌로 생각하는 것은 역시 금주와 관련이 있지 않을까 하는 점이다. 즉 술에 쩔어 있는 뇌에서 알코올 성분이 제거되는 것만으로 일부가 건조해져서 톡하고 떨어지고, 그 아래 감춰져 있던 신선하고 생기가 있는 새로운 뇌가 드러난다.

틀림없이 상관관계가 있을 것 같고, 어쨌든 내 뇌에 어떠한 변화도 있는 것 같다. 그것에 대해서 말하고자 한다.

뇌까지
좋아진 것 같다

유메노 큐우사쿠라는 작가가 쓴 《도구라 마구라》라는 기괴한 소설이 있는데 거기에 "뇌는 사물을 생각하는 곳이 아니다."라는 소제목이 달린 장이 있다. 소설 전체가 상당히 괴팍해서 읽고 있으면 뇌가 어떻게 될 것 같은 내용이다. 물론 그 뒷내용을 읽어보면 점점 더 이상해져 간다.

내용을 좀 더 구체적으로 소개하고 싶지만 불가능하다.

왜 불가능한가. 잊어버렸으니까.

그래. 인간은 망각이라는 것을 한다. 왜일까. 철이 들고 나서부터 지금에 이르기까지의 일을 전부 상세하게 기억하고 있다가는 뇌가 펑하고 터져 버리기 때문이다. 우리들은 수많은 것 중에서 그다지 필요 없는 것은 대충 요약하거나, 압축해서 뇌의 저 안쪽에 정리한다. 그러나 워낙 많은 일들이 매일 일어나기 때문에 그것들을 꺼낼 여유가 없다.

뭐 그런 건 어쩔 수 없다고, 나는 생각한다.

"응? 이 녀석 이름, 뭐였지? 아니 그보다, 이거 누구였지? 이런 녀석이 있었나?"

장편소설을 연재하던 소설가는 자주 이런 벽에 부딪혀서 투덜댄다. 그리고 "아~, 다시 읽기 귀찮네. 재미도 없고. 죽이자."라고 웅얼거리며,

도니모는 멍하니 하늘을 올려다봤다.

그때 아무런 이유도 없이, 무수한 바위가 하늘에서 떨어졌다.

"으와아앗!" 그것이 도니모가 이 세상에서 던진 마지막 말이 되었다.

도니모 신이치. 마흔 여덟 살.

족발 조림을 너무나 사랑했던 남자의, 너무나도 어처구니없는 죽음이었다.

그 도니모가 죽은 바로 그 순간.

닛타 요미코는 나이트클럽 메카에서 정신없이 춤을 추고 있었다.

이렇게 쓰고는 존재 자체를 아예 없었던 것으로 해 버린다. 그리고 그런 원인을 망각한다. 등장인물의 이름이 뇌 속의 다양한 잡동사니로 분해되어 버리더니 그대로 잊혀져 간다.

그렇게 되지 않기 위해서 뇌의 수납 선반을 넓고 견고한 것으로 만들 필요가 있다. 통로도 밝혀두고 청소도 잘해 두고 어디에서든 신속하게 접근할 수 있도록 만든다. 그렇게 하면 등장인물의 이름과 성격을 잊을 일 없이 소설을 쓸 수 있고 그것을 출판사에 팔아서 돈도 벌 수 있다.

그런데 말이다. 술을, 그것도 대량으로 마시면, 마시고 있지 않을 때에 비해 망각의 정도가 늘어난다(본인 대비).

물론 술을 너무 마시고, 그 결과, 너무 취해서, 듬성듬성 기억한다는 경우도 있지만 그와는 별도로, 마시고 있지 않았을 때도 망각 정도가 심해진다(본인 조사).

즉 어떤 것인가 하면 뇌의 좁은 수납 선반 위쪽에는 넓은 술 저장고가 있고 여기저기에 너 말가량의 통이 8만 개나 놓여 있다. 그런데 어떤 바보 같은 녀석이 장난을 친다며 8만 개나 되는 너 말의 통 마개를 다 빼 버렸다. 엄청난 양의 술이 단번에 흘러나와 뇌의 수납 선반은 술로 흠뻑 젖어 버렸다. 그 결과, 뇌의 수납 선반은 썩어서 무너지고 선반에 넣어둔 것들은 쓸모없는 쓰레기가 되었다. 쏟아져 내린 기억의 쓰레기가 통로를 막고 조명은 깜빡거리다가 타 버리고 어디로도 접근할 수 없게 되고 그 사이 천정에서 폭포처럼 술이 끊임없이 쏟아져 내려온다.

그런 상태라고 해도 좋을 것이다.

아니, 나는 그에 가까운 상태에 빠져 있었다. 그래서 어쩌면 나도 위와 같은 상태, 아니, 그보다 더욱 심한, 조연만이 아니라 주연의 성격조차 잊어 버리고 좀 더 자세하게 말하자면, 자신이 무엇을 쓰고 있는지, 방금 쓴 한 줄조차 잊어 버리는 상태에 빠져 어쩔 수 없이, 마치 살인귀처럼, 나오는 녀석, 나오는 녀석, 나오는 녀석들을 모두 죽여 버리고, 살인귀 호러, 돼먹지 않은 호러 작가 같은 것이 되었을 가능성이 전혀 없지는 않았다.

그런데 그 정도까지 가면 망각하고 있는 것조차 망각한다는, 이른바 망각의 열반에서 쭈뼛거리고 있으므로 위기감이라곤 찾아볼 수 없으며, 뇌에서 대량의 알코올이 줄줄 흘러나오는 바람에 부끄러움도 없고 그저 태연하다.

이번에, 술을 끊은 후에 위층에 있는 8만 개에 달하는 통들에는 마개가 다시 끼워졌고 술은 더 이상 흘러내리지 않았다. 그래도 3개월 정도는 꼭대기에서 술이 질질 흘러내렸다. 반년 정도 지나자 방울방울 맺혀 있었다. 한 번 부서진 수납 선반은 원래 상태로 돌아가지 못했고 축축하게 젖어서 읽을 수 없게 된 자료는 그대로 방치되어 썩고 있었다.

하지만 뇌는 그냥 두지 않았다. 남은 목재로 부서진 선반을 수리하고 아직 읽을 수 있는 자료는 진흙과 곰팡이를 털어 내고 말린 다음 고친 선반에 다시 넣었다.

통로를 막고 있던 선반의 잔해와 진흙이 가장 골칫덩이였지만 이것두 뇌의 자원봉사자들과 뇌의 행징 지원으로 조금씩이지만 개선되어, 1년 후에는 필요한 최소한의 접근 통로가 회복되었다.

술이 끊긴 지 2년이 지나자 상당히 후미진 곳에 있는 자료실까지 접근할 수 있게 되었다. 그렇게 되자 일상적인 업무에서 좋은 효과가 나타나기 시작했다.

어떤 것인가 하면, 내 경우에 일상적인 업무는 글쓰기인지라, 뇌로 접근하는 길이 끊어져서 뭐든지 망각해 버리면 궁지에 몰리고 살인귀로 돌변할 우려가 생긴다.

이 접근이 회복되자 인물에 대해서 다양한 것을 떠올릴 수 있게 되었고 또 새롭게 구입한 자료도 보관해 둘 수 있게 되었다. 그리고 더 먼 곳에 있는 자료실로도 갈 수 있게 되어 다른 자료들과 대조하면서 인물을 움직일 수 있게 되었다.

이 세 번째는 상당히 중요하다. 다른 비유를 써서 말하면, 글을 쓰는 일은 원재료를 가공해서 제품으로 만들어 출하하는 것과 같다. 그런데 원재료인 주석이나 동이나 코발트 같은 것은 뇌의 저 안쪽에 있는 경우가 많다. 그리고 공장과 항구까지는 꽤 거리가 있고 가는 길은 험난한 산맥이나 큰 강으로 가로막혀 있다.

글을 잘 쓰는 사람은 멀리 떨어진 이런 광산이나 공장, 항구로 접근이 가능한 도로를 개척하고 철도를 깔고 있는 사람이며, 글을 잘 못 쓰는 사람은 좁고 험난한 길만 가지고 있다. 그러므로 잘 쓰는 사람은 화물열차나 트럭에 많은 재료를 실어 고속으로 문장을 운반할 수 있지만 잘 못 쓰는 사람은 소나 말로, 심한 경우에는 직접 어깨에 짊어지고 조금씩 운반할 수밖에 없거나, 도중에 산적에게 죽임을 당하기도 한다.

글을 전혀 쓸 수 없게 된 사람은 음주라는 자연재해로 인해 도로가 끊기고, 제품(문장)을 만드는 것, 출하하는 것이 불가능해진 사람으로, 그런 사람은 마치 자포자기한 독재자처럼 자국 민(등장인물)을 마구 죽인다. 위에서 말한 대로다.

이야기로 되돌아가면, 금주 후에는 접근 통로가 점차 회복 되어 뇌의 광산 또는 저 안쪽에 있는 자료실에도 갈 수 있고 재 료를 채굴하거나, 자료를 열람, 참조를 할 수 있게 되므로 일의 효율이 현저하게 좋아진다.

뇌가 좋아지는 느낌, 바로 이것이다.

이것을 소설에 비유해서 말하면 소설은 원인과 결과의 연 쇄로 성립되어 있다. 하나의 원인에 대해 소설 속 현실의 여러 요소가 반응해 하나의 결과를 만들어 낸다. 여러 요소는 작가 가 취사선택한다. 그런데, 뇌의 접근 통로가 거의 없으면 이 요 소의 양이 대폭 줄어든다. 현실의 요소는 무수하다. 따라서 대 개 현실은 소설보다 더 기괴하다. 그런데도 뇌로 가는 접근 통 로가 없기 때문에, 기껏 해 봐야 10개, 잘못하면 3개 정도 밖에 안 되는 요소로 결과를 만들어 내야 하는 사태가 벌어지고 그 런 글을 읽은 독자는 "말도 안 돼!" 혹은 "재미없어." 이외의 감 상을 떠올릴 수 없게 된다.

즉 쓰든 안 쓰든 마찬가지다. 그렇다면 처음부터 쓰지 않는 편이 피곤해지지 않으니까 그나마 낫다는, 그래, 그런 신세가 되어 버린다.

내 경우에는 이번에 지나다닐 수 있도록 뇌의 통로를 정리했기 때문에 뇌의 자원을 채굴해서 공장으로 운반하고, 지금까지 모은 자료와 대조해서 새로운 결론을 이끌어 내거나, 그것을 뇌의 항구로 옮겨서 출하할 수 있게 되었다.

술을 끊음으로써 얻을 수 있는 이득으로 ① 다이어트 ② 수면의 질 향상 ③ 경제적 이익이 있다.

그리고 추가로 ④ 뇌가 좋아지는 느낌을 더한다. 이로써 업무가 순조롭게 잘 풀리는 효과까지 얻을 수 있다.

아, 한 마디 더 말해 둘 것이 있다. 이 효과는 범재가 천재로 탈바꿈한다는 뜻이 아니라, 원래 그 사람이 가지고 있던 뇌의 성능을 최대한으로 발휘할 수 있게 된다는 의미다.

뇌에는 분명 광산이 있다. 다이아몬드 광산을 가진 사람도 있고 빈 깡통만 널려 있는 사람도 있다. 공장도 그렇다, 최신 설비를 갖춘 큰 공장이 있는가 하면 집 한 귀퉁이에서 메리야스 한 장만 걸친 아저씨가 뭔가를 열심히 만들고 있는 볼품없는 공방 비스름한 것도 있다. 즉 사람마다 다르다.

그러므로 "금주를 했는데도 눈에 띄는 성과가 없다. 어떻게든 해 달라."고 내게 말하지 않았으면 한다. 내가 이렇게 말한다고, "그렇게 말하는 너는 금주로 얼마나 눈부신 일을 했는가?"라고 내게 묻는다면 나는 이렇게 대답할 수밖에 없다.

말하지 않는 편이 있어 보이잖아.

여하튼. 금주에는 다양한 이득이 있지만 내 경우에는 위에서 말한 이득이 있었다는 말이다.

술을 마시든 마시지 않든
인생은 쓸쓸하다

금주, 단주로 나는 많은 이득을 얻었다. 그러나 이득만이 인생의 목적은 아니다. 누구나가 행복한 일생을 보내고 싶어 한다. "행복해지고 싶다."고 말한다. 하지만 행복은 잠깐 느끼는 것으로 절대적인 행복이란 존재하지 않는다.

"이곳은 행복의 나라. 이 나라의 국민은 모두 행복합니다." 라고 말하는 국가도 반드시 그 국토의 어딘가에 지옥이 존재한다. 롤렉스, 지샥, 프랭크 뮬러를 믿는다면 시간은 일정한 속도로 흘러가고 있다. 마음이 맞는 사람과 낄낄대면서 이야기를 나누다 보면 몇 시간이 순식간에 지나가 버리고 너무나 배고

플 때 기다리는 컵라면은 3분이라는 시간도 참으로 길다.

그래서 행복도, 불행도, 즐거움도, 괴로움도 똑같이 느끼고 있지만 행복한 시간은 짧고, 불행은 계속되고 있다고 느낀다.

그래서 대부분의 사람들은 행복을 갈망한다.

갈망하는 사람이 많다는 것은 수요가 있다는 말로 이 수요를 만족시키면 돈을 벌 수 있다. 그래서 구입할 수 있는 행복이라는 것이 공급되어, 사람들이 경쟁적으로 구입한다.

하지만 돈으로 구입할 수 있을 것 같음에도 행복을 사는 것은 불가능하다. 위에서 말한 대로, 행복이란 순간적으로 맛본후, 금방 사라지고, 그 앞에는 황량하고 삭막한 일상만이 펼쳐지므로 갈망은 멈추지 않는다.

그렇다고 해서 목이 마른 자에게 갈증을 느끼지 말라, 허기진 자에게 배고파하지 말라고 할 수 없고, 그것보다 이렇게 말하는 나 역시 목이 마르고 허기가 져 있으니 가능한 충고라면 "목이 마르다고 해서(돈으로 살 수 있는) 행복을 마구 마시면 그 후가 더욱 괴로워지니 적당히 해 둬라."라는 정도다.

술을 끊었더니 각종 이득을 얻을 수 있었지만 이득을 얻기 위해 술을 끊은 건 아니었다.

그래서 이득은 있었지만 그 이득으로 행복을 얻은 건 아니고 행복의 삼매경에 도달한 것도 아니다.

이득에 대해서는 이미 말했다. 그중에 추상적이라서 이해하기 어려울 것 같은 건 쓰지 않았다.

뭐냐면, 정신적 여유다. 다른 말로 하면 여백 정도라고나 할까. 놀이, 라고 해도 좋겠다. 지금까지는 그런 여유, 여백이 없었기 때문에 강한 자극을 목적으로 빠른 속도로, 그리고 최단거리로 가고 있었지만 여유, 여백이 생기면서 천천히, 가끔 멈추기도 하면서 걸을 수 있게 되었다.

그랬더니 그곳에 의외의 기쁨과 놀라움이 있었다. 꽃과 풀이 나 있고, 비 냄새가 나고, 사람의 사소한 표정 속에서 사랑과 슬픔이 보였다. 서둘러서 가면 못 보고 지나칠 것 같은 그런 것들이다. 그런데 그런 것이야말로 행복이라는 사실을 겨우 알게 되었다.

그러면 왜 그런 여백이 생겼을까. 지금까지는 목적지를 즐거움이라고 잘못 설정해 두고 서두르고 있었지만, 사실은 그것이 죽음이라는 것을 알고 죽음에 대한 두려움으로 서두르지 않게 되었고, 또 평범하고 보통인 순간을 소중히 여기고 싶다는 심경에 도달했기 때문일 것이다. 강렬한 자극 속에서는 그런 심경에 도달하지 못한다.

　빛이 있는 곳에 그림자가 있다.

　어릴 적에 자주 본 〈사스케〉라는 TV 애니메이션이 있었는데, 시작할 때 '빛이 있는 곳에 그림자가 있다'는 내레이션이 꼭 나왔다. 마찬가지로 수익이 있는 곳에 위험이 있다. 물론 금주에도 위험 요소가 있고 그것을 말하지 않으면 공정한 태도라고 할 수 없다.

　술을 끊었다고 하면 술꾼으로부터 종종 "그러면 인생이 쓸쓸하지 않습니까?"라는 질문을 받는다. 그런 거? 없다. 왜냐면, 인생이란 원래 쓸쓸한 것이니까.

　쓸쓸하지는 않지만 인간관계에 다소 영향은 있을 것 같다. 어떤 것이냐면 당연한 이야기지만, 술을 마시지 않으면 자연스럽게 술자리에 참석하는 횟수가 줄어든다. 혹여 참석했더라도 1차가 끝나고 나서 "먼저 실례합니다."라는 말을 하게 된다. 마시는 사람이라면 "뭐, 됐어. 2차 갑시다, 2차."라고 잡지만 3년이나 안 마시고 있으면 상대방도 사정을 알기에 "아, 그래? 알았어. 조심해서 가."라고 한다. 딱히 잡으려고 들지 않는다.

　서로에게 좋은 일이지만 술을 마실 때 형성되었던 농밀한 인간관계가 점점 산뜻해진다.

그것만이라면 괜찮다. 어디까지나 가능성이라든지 지론이라든지, 뭐 그런 것이지만 그런 상황이 계속되면 '만나기 꺼끄러운 놈'이라는 소문이 나고, 결국엔 '음습한 놈'으로 발전하고 '인색한 놈' '이상한 놈' '완고하고 고루한 놈'으로 분열하더니 마침내 '변태' '미친놈' '얼굴을 보는 것만으로 기분이 나빠지는 남자' '한 대 때리고 싶은 남자 넘버 원' 같은 것으로 변이되어 사회로부터 고립되고 하루 벌어 하루 먹고 살기도 곤란해져 더러운 곳에서 굶어 죽는, 그런 인생이 될지도 모른다.

틀림없이 위험의 일종이라고 할 수 있다. 그러나 내 경우에는 아직 그 지점까지는 도달하지 않았다(그렇게 믿고 싶다). 그 외에도 단점이 있을지도 모르지만 지금 당장 떠오르는 건 없다.

어쨌든 술을 마시고, 나 자신을 잊은 후의 추태와 실수로 인격이 평가되어 그 결과가 마이너스인 것에 비하면 상당히 작은 게 아닐까 추측해 본다.

자, 금주의 이득 및 손실은 이렇다. 대부분의 사람들이 금주가 좋다고 생각하지 않을까. 그래서 마지막으로 말하고 싶다.

만약 여기까지 내 글을 읽고 금주를 하게 된다면 금주를 좋다 또는 올바르다고 여기고, 음주를 나쁘다 혹은 사악하다고 여겨, 술꾼을 논박하거나 배격하거나 하는 행동은 그만두기를 바란다.

인간에게는 선도 악도 정의도 불의도 동시에 존재하고 있다.

그런데도, 자신이 속한 쪽을 선이라고 정하고, 악을 토벌하는 것을 선행이라고 한다면 인간과 인간 사이의 거리가 멀어지고, 그 간격이 싸움과 혼란을 초래한다. 물론 그런 일은 세상에서 많이 일어나고 있어서, 그 파워도 역시 인간의 삶의 파워라고 말할 수 없는 것은 아니지만, 뭐 조금이라도 유쾌하게 지내고 싶다면 그러한 선악의 전쟁에서 몸을 빼는 것이 좋다.

그러나 한번, 선에 집착하면 좀처럼 빠져 나올 수 없다. "어떻게 생각하든" "누가 생가하든" "인류보편이다"라고 생각하기 시작하면 더 이상 그 이외의 입장까지 상상력이 미치지 않게 된다.

그랬을 때, 하나의 확인 사항으로, 그것, 즉 악을 격퇴하는 것에 '쾌감'이 섞여 있지는 않은지 생각해 보면 좋을 것이다. 얼마 되지 않는다 해도 '쾌감'을 느꼈다면 피하는 게 좋다.

아~. 재미없는 것을 말해 버렸다. 뭐, 됐다. 이것도 술을 마시고 있었다면 득의양양하게 말하고 있었을지도 모른다. 아니, 마시지 않고 있는 지금의 나도 타인이 보면 득의양양한가?

나는 오토모노 타비토의《술을 찬미하는 노래酒を讚むる歌》
를 언급하며 이 글을 쓰기 시작했다. 그것이 다음의 13수다.

고민해도 어찌할 수 없다면 생각하지 말고 한 잔의 술을 마시오

술을 성자라고 불렀던 옛날 대성인이 있었소

옛날 칠 인의 현인들도 술을 원했다 하오

똑똑한 척하며 말하기보다 술을 마시고 취해서 우는 편이 훨씬
좋소

말한들 무엇하리 술이란 지극히 귀한 거라오

어중간한 사람이 되기보다는 술 단지가 되어 술에 젖어 있고 싶소

그 얼마나 추악한 일인가, 현명한 척 술을 마시지 않는 사람을 보
면 원숭이를 참으로 닮았소

가치를 매길 수 없을 정도로 귀한 보물도, 한 잔의 탁주에 비할
바가 아니오

'저녁 빛의 벽'이라는 귀중한 보물도 술을 마시고 마음의 우울함
을 벗어 던져 버리는 것에 어찌 비할 바겠소

세상의 풍류를 즐기면서 외로울 때 술에 취해 우는 것이 제일이오

현세에서 즐겁게 술을 마시고 지낼 수 있다면 다음 세상에서는

벌레든 새든 되겠소

산 자도 결국에는 반드시 죽으니 적어도 이 세상에 있는 동안만
이라도 즐겁게 지내고 싶소

입 다물고 현명한 척 하는 것은 술을 마시고 취해 우는 것에 비할
바가 아니오

나는 오랜 시간 이 13수를 진실이라고 믿어 의심치 않았다.
실패했을 때, 자신감을 잃었을 때, 이 노래를 읊조리며 술을 마
시고, 그렇게 살아 왔다.

이 13수는 내게 있어서 기도나 다름없었다.

그러나 나는 지금은 이렇게 생각하고 있다. 제목은《술을
폄하하는 시》.

고민해도 어쩔 수 없다 하더라도 한 잔의 술을 마시지 않고 지내
야 한다

술을 성자라고 부르는 현대의 기린 맥주는 비열하다

옛날 칠 인의 현인들이 미쳤던 것은 술 때문이다

술을 마시고 추태를 부리고 울고불고 주사를 부리기보다 똑똑한
척 말하는 편이 훨씬 낫다

이야기가 보잘것없으니 술로 도망가는 것이다

어중간한 사람이기에 술 단지가 되어 술에 젖어 있다

그 얼마나 추악한 일인가, 술 마시는 사람을 보면 원숭이를 참으로 닮았다

가치를 매길 수 없을 정도의 보물을 한 잔의 탁주과 바꿀 수 있는가

'저녁 빛의 벽'이라는 귀중한 구슬은 술을 마시고 마음의 우울함을 던져 버리면 볼 수 없을지도 모른다

세상의 풍류 중 가장 꼴불견은 술에 취해 우는 것이다

현세에서 술을 마시지 않고도(추가) 즐겁게 지낼 수 있다면 다음 세상에서 벌레든 새든 되겠다

산 자도 결국 언젠가는 반드시 죽으니까 적어도 이 세상에 있는 동안만큼이라도 현명하게 지내고 싶다

술을 마시고 취해 우는 것은 아무 말도 없이 있는 것에 비할 바가 못 된다

　술을 마시지 않는다고 해서 현명하지 않은 사람이 현명해지는 건 아니다. 하지만 술을 마시면 현명한 사람이 바보가 된다. 그리고 바보는 더욱 바보가 된다. 아무래도 그런 것 같다.

술은 잘못이 없다

2020년 9월 23일 초판 1쇄 | 2020년 10월 12일 3쇄 발행

지은이 · 마치다 고 | 옮긴이 · 이은정
펴낸이 · 김상현, 최세현 | 경영고문 · 박시형

책임편집 · 이수빈 | 디자인 · 김은영
마케팅 · 양봉호, 양근모, 권금숙, 임지윤, 조히라, 유미정 | 디지털콘텐츠 · 김명래
경영지원 · 김현우, 문경국 | 해외기획 · 우정민, 배혜림 | 국내기획 · 박현조
펴낸곳 · 팩토리나인 | 출판신고 · 2006년 9월 25일 제406-2006-000210호
주소 · 서울시 마포구 월드컵북로 396 누리꿈스퀘어 비즈니스타워 18층
전화 · 02-6712-9800 | 팩스 · 02-6712-9810 | 이메일 · info@smpk.kr

©마치다 고 (저작권자와 맺은 특약에 따라 검인을 생략합니다.)
ISBN 979-11-6534-219-7(03830)

팩토리나인Factory9은 독자 여러분의 책에 관한 아이디어와 원고 투고를 설레는 마음으로 기다
리고 있습니다. 책으로 엮기를 원하는 아이디어가 있으신 분은 이메일 book@smpk.kr로 간단한
개요와 취지, 연락처 등을 보내주세요. 머뭇거리지 말고 문을 두드리세요. 길이 열립니다.